내일은 모르겠고
하루만 열심히
살아봅니다

내일은 모르겠고
하루만 열심히
살아봅니다

최현송 지음

팜파스

목차

PART 1 ○ **하루를 산다는 것**

PART 2 ● **오늘은 오늘의 행복만**

PART 3 ○ 단순하게 삽니다

PART 4 ○ 하루의 기술

PART 1

하루를
산다는 것

인생 말고 하루

'내 삶은 어디서부터 잘못된 거지?'

처음 방송사에 발을 들인 그때? 그와 헤어지지 못하고 다시 만난 그날? 아니면 수학을 포기한 고1 2학기?… 답을 내리기 힘든 질문을 붙들고 끙끙대던 시절이 있었다. 그러나 좋은 답을 위해선 좋은 질문이 필요하다고 했던가. 질문이 적절하지 않았다. 정확히는 너무나 막연했다. '삶'이란 개념은 추상적이라 보이지도 잡히지도 않는다. 논리적인 결론을 원하는 사람은 내 삶을 불행하게 만드는 요인으로 직장, 애인, 외모, 자존감 등을 지목하지만 이 중 어떤 것도 내 삶 자체인 것은 없다. 물론 한두 가지 특정 요소가 삶의 질을 현저히 떨어뜨리기도 한다. 갑자기 병에 걸렸거나 비상식적인 직장 상사와 갈등을 겪는 경우가 그렇다. 그러나 이런 경우라면 애초에 위와 같은 불명확한 질문을 하지는 않을 것이다.

아예 무엇이 잘못되었는지 몰라 괴롭다고 말하는 경우도 많다. 삶은 매우 다양한 요소로 이뤄지는 데다 인간은 그다지 합리적으로 사고하지 않기에 어쩌면 이유를 알 수 없이 불행하다는 대답이 오히려 자연스러운지도 모른다.

고민을 거듭한 끝에, 나는 질문을 바꿔보기로 했다. '내 하루는 무엇이 잘못되었을까.' 이 질문엔 아침에 눈 뜨면서부터 잠들 때까지 시시콜콜 명확하게 대답할 수 있었다. 나는 제대로 자지도 일어나지도 못했으며 식습관에도 문제가 있었다. 무엇보다 수동적이고 관성적으로 살았다. 언제 일어나고 싶은지 무엇을 먹고 무슨 일부터 하고 싶은지 고민하지 않았다. 밤새 불면에 시달리다 대낮에 겨우 일어날 때도 많고 아무거나 먹고 쫓기는 일부터 허겁지겁했다. 주위에 폐 끼치기를 싫어하는 성격 탓에 할 일을 책임감 있게 해내는 사람으로 여겨졌지만 정작 내 삶에는 관심과 책임이 부족했다. 내가 원하는 것이 무엇인지조차 모른 채 삶이 뜻대로 흘러가지 않는다며 괴로워했다니.

추상적인 고민을 내려놓고 하루를 내 의지대로 가꿔보기로 했다. 어디서부턴지도 모를 만큼 엉켜버린 삶은 일단 내버려 두고, 하루에만 집중해보기로. 과거의 흑역사와 미래의 불확실 사이에서 괴로워하는 대신 '지금'을 꼭 붙잡고 하루씩만 잘 살아보기로. 과거는 되돌릴 수 없고 미래의 삶을 예측하는 건 불가능했다. 내가 어찌해 볼 수 있는 건 오늘의 하루뿐이었다.

인간의 죽음에 대해 평생 연구한 호스피스 운동가 엘리자베스 퀴블러 로스는 말년에 이르러 죽음이라는 주제를 넘어, 인간의 삶에 대해 썼다. 그는 '멋지게 나이 들어간다는 것은 하루를, 그리고 하나의 계절을 온전히 경험하는 것'이라고 말했다. 내게 있어 하루를 온전히 산다는 건 하루치의 재미를 놓치지 않고 하루치의 고민을 외면하지 않고 붙잡는 것이다. 불쾌한 일이 생기거나 무기력에 빠질 때, 부정적인 감정 속에서 허우적대느라 누구나 누릴 수 있는 작은 기쁨마저 놓치고 있지는 않은지 살핀다. 무심한 듯 비추는 오늘의 햇살을, 버스 정류장에서 발견한 다홍색 무당벌레를 못 본 듯 지나치는 하루는 억울하다.

오늘 해야 할 고민이나 선택을 미뤄서도 안 된다. 선택은 어렵다. 삶 전체를 아우르는 선택 앞에서는 더 그렇다. 지금의 내 선택이 옳은지 옳지 않은지 구분해내기란 쉽지 않다. 무언가

불만족스러운 상황이 지속될 때 내가 지금 인내하는 것인지 무기력에 빠진 것인지, 중요한 문제에 전력을 다하느라 바쁜지 회피하느라 바쁜 척하는 것인지 자신 있게 대답할 수 있는 경우가 얼마나 될까. 나처럼 결단력 없고 생각 많은 사람에게 선택은 정말 어려운 문제다. 그러나 하루치의 선택은 그보다 쉽다. 부당한 상황이 이어지는 직장에서 퇴사할지 말지를 선택하려면 큰 결단이 필요하지만 부당함을 지적하는 목소리를 내 보는 건 그보다 가벼우니까. 작은 목소리여도 된다. 오늘의 경험을 연습 삼아 내일은 조금 더 크게 말할 수 있게 될지 모른다.

더 좋은 삶을 살고 싶다고 말하는 건 삶을 대하는 태도라기보다 순간의 기분에 가깝다. 더 좋은 사람이 되고 싶다는 다짐도 비슷하다. 이런 추상적인 감상은 곧 사라져 버리기 쉽지만 어제보다 좋은 하루를 보내기로 마음먹으면 지금 당장 해야 할 일부터 해 나갈 수 있다. 좋은 하루는 좋은 삶보다 쉽고 명확하다. 인생을 내 뜻대로 사는 건 어렵지만 하루를 내 의지대로 살아보는 건 할만하다. 어떻게 살아야 하는지 묻기보다 지금 이 순간 내게 이로운 일, 내가 좋아하는 일을 선택해 시작해보면 어떨까. 허겁지겁 떠밀리듯 출근하는 바쁜 아침, 손에 잡히는 음식이 아닌 내가 좋아하는 과일 한 개, 음료 한 잔을 챙겨 먹는 건 그렇게 어렵지 않다. 아침에 무엇을 먹느냐에 따라 당장의 삶이 바뀌진 않을 것이다. 하지만 지금의 작은 선택들이 모여 삶의 방향을 만들어낸다고 나는 믿는다.

이렇게 하루씩 애쓴 날들이 모여 만들어진 삶이라면 완성된 모습이 어떻든 나는 기꺼이 받아들일 수 있을 것 같다. 인생은 마라톤이라던데, '하루씩 살기'는 호흡 짧고 인내심은 없으며 선택하는 힘도 부족한 내가 인생이라는 마라톤에서 나만의 트랙을 달려 완주하기 위해 터득한 소심한 기술일지도 모르겠다.

당신의 하루는 대체로 안녕한가요?

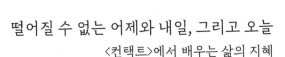

떨어질 수 없는 어제와 내일, 그리고 오늘
〈컨택트〉에서 배우는 삶의 지혜

* 영화 〈컨택트〉(Arrival, 2016)에 대한 결말이 포함되어 있습니다.

영화 〈컨택트〉에서 내 눈길을 끄는 건 미지의 외계인이나 그들이 가진 거대한 지혜, 우리의 인식 너머에 있는 신기한 언어 체계가 아니었다. 꿈인지 회상인지 모르게 한 번씩 등장하는 주인공 루이즈와 어린 딸 한나의 평범한 한때였다. 호숫가에서의 산책, 한나가 루이즈를 위해 그려준 그림, 햇살 아래를 달리며 까르륵 웃는 한나와 그녀의 손을 잡는 루이즈… 유독 두 사람 장면은 색감이나 배경 음악이 슬프게 연출된 느낌이 드는데 영화를 다 본 후엔 이유를 알 수 있다.

어느 날 외계에서 미지의 적 혹은 손님(헵타포드)이 지구 곳곳에 찾아온다. 각 나라는 외계인의 등장에 서로 다른 대응 방법을 주장하며 날을 세운다. 외계인이 아닌 지구인끼리 먼저 전쟁이 날 판. 언어학자 루이즈는 헵타포드와 소통하기 위해 정부의 부름을 받고 그들을 만나러 간다. 불려 간 곳엔 이안이라는 물리학자가 동료로 먼저 와 있었다. (훗날 이안은 루이즈의 남편이자 딸 하나의 아버지가 된다.) 루이즈는 헵타포드와 접촉하며 그들의 언어체계를 익혀간다. 헵타포드의 언어는 우리 언어와 달리 시작과 끝이 없다. 과거, 현재, 미래가 따로 구분되지 않는다. 우리의 언어가 '나는 1980년에 태어났고 성장해 사랑스러운 자식을 낳았으며 앞날이 어떻게 될지는 모른다'라는 식으로 말한다면 헵타포드에겐 이 모든 사실이 구분되지 않고 하나의 덩어리로 인식된다. (영화에서는 심지어 헵타포드가 3천 년 뒤 일어날 일을 알고 지구에 찾아온 것으로 설정된다.) 따라서 그들의 언어는 시작과 끝, 시제의 구분이 필수적인 말이나 문자가 아니었다. 영화에선 동그란 원 모양의 먹물을 내뿜는 것처럼 표현된다.

여기서 영화는 가설을 하나 끌어오는데 '언어체계가 사고와 의식체계를 지배한다'는 것. 헵타포드의 언어를 익혀 갈수록 루이즈는 과거, 현재, 미래까지 통합해 인식하는 그들의 사고체계까지 습득한다. 영화 중간 중간 그녀의 눈앞에 펼쳐졌던 딸과의 따뜻한 한때, 그리고 병에 걸린 딸의 죽음은 회상이나 악몽이 아니었다. 헵타포드의 언어를 통해 알게 된 자신의 인생이었다. 루이즈는 미래를 아는 능력을 활용해 지구에서 일어난 위기, 동서양 주요국 간의 분쟁과 마찰을 해결한다. (이 과정은 여기서 다루려는 내용이 아니니 생략하기로.)

위기를 극복한 후 루이즈가 얻은 것을 단순히 미래를 보는 능력이라고 말할 수 있을까. 헵타포드가 준 선물은 예지력이 아니라 과거와 현재와 미래가 서로 다르지 않다는 인식의 전환이라고 생각한다. 많은 사람들이 루이즈의 선택에서 같은 고통이 반복되더라도 능동적으로 살아내는 니체의 영원회귀와 초인 사상을 이야기했는데, 내가 느낀 건 동양사상의 가르침이었다. 세상의 모든 것은 연결되어 있으니 과거와 미래에 얽매이지 말고 현재에 집중하라는. 헵타포드처럼 사고하지 않더라도 우리에게 주어진 건 원래 현재뿐이다. 현재가 지나간 것이 과거이고 미래란 아직 당도하지 않은 현재일 뿐. 현재는 대부분 일상으로 이뤄진다. 우리가 살아가고 성취하는 것은 결국 일상뿐이다. 더 쪼개면 바로 지금 이 순간만이 남는다.

루이즈는 이안과의 사이에서 낳을 미래의 딸이 죽는다는 걸 알지만 이안의 프러포즈를 저항 없이 (오히려 기쁘게) 받아들인다.

루이즈는 딸의 상실이라는 고통을 선택한 걸까? 다시 영화 속 루이즈와 딸의 일상 장면으로 돌아가보자. 우리는 영화 초반부터 루이즈가 뭔가 슬픈 일을 겪었으리라는 사실을 느낌으로 알고 있다. 영화 말미 그것이 딸을 잃는 슬픔이란 걸 알게 된다. 하지만 돌아보면 딸과의 시간엔 기쁨도 많았다. 루이즈는 딸을 잃는 슬픔을 받아들인 것이 아니라 딸이라는 존재의 축복을 받아들인 것이라고 생각한다. 딸을 잃는 슬픔 안에 딸로 인한 기쁨이 포함되는 게 아니라 딸이라는 존재 안에 슬픔과 기쁨이 공존하는 것이라고.

삶에는 기쁨과 슬픔이 함께 존재한다. 어떤 만남이든 그 끝은 이별이고 삶은 끝나며 우리 자신도 언젠가 사라진다. 그런데 왜 우리는 누군가 만나고 사랑하고 살며 존재를 증명하고자 애쓸까? 루이즈에게 딸의 존재란 너무 일찍 떠나간 한때의 괴로운 일로 그쳤을까? 우리는 안다. 때로 어떤 순간은 기억이라는 신비를 통해 영원으로 남는다는 사실을. 딸의 상실이라는 고통에도 불구하고 루이즈는 딸이라는 존재의 기쁨을 기꺼이 수용했다. 루이즈의 선택에 공감하지 못한다는 이들도 어쩌면 이미 루이즈와 같은 선택을 했을지 모른다. 루이즈에게 딸이 주어졌고 루이즈가 그걸 받아들이듯, 우리에게도 삶이 주어졌고 우리는 그걸 받아들이고 산다. 과거가 어땠고 미래가 어떻든 간에 우리는 이 순간의 작은 기쁨을 선택할 수 있다.

루이즈 딸의 이름은 한나(HANNAH), 헵타포드의 언어처럼 시작과 끝이 없이 이어진다. 과거와 미래에 의미 두지 않고 현재에만 머물게 된 루이즈가 지어준 이름일까. 영화 〈컨택트〉가 내게 전해준 일상의 명령이 담긴 이름이기도 하다.

당신의 삶에서 슬픔이자 기쁨인 것은 무엇인가요?

지금 이 순간이 이어진다

비혼의 프리랜서에, 물려받은 것도 없어 보이는 사람에겐 암묵적으로 금지된 질문이 있다. 아마 누가 생각해도 별 뾰족한 수가 없어 보이기 때문이리라. 그런데 용케도 내게 이 금기의 질문을 꺼낸 사람이 있었다.

"남편도 없고 자식도 없는데 노후가 걱정되지 않으세요?"

적당한 친밀감 아래 염려와 궁금증이 섞인 깨끗한 눈빛의 질문이었기에 내게서도 솔직하고 담백한 답이 툭 튀어나왔다.

"글쎄요. 사고 칠 남편도 자식도 없는데 저 한 몸이야 어떻게 못 살겠어요?"

질문한 이는 가난을 겪은 후 일찍이 큰돈을 벌어 조기 은퇴에 성공한 사람이었다. 그는 빈곤의 쓴맛을 아직 덜 본 것 같다는 걱정을 내게서 끝내 거두지 못한 표정으로 웃었고 나는 이날을 오래 기억하고 있다. 그 노골적인 질문으로 나의 현실적인 위치를 확인해서가 아니라 불안을 대하는 내 태도가 얼마나 변했는지를 확인했기 때문이다.

돌아보면 그래서 키가 덜 컸나 싶을 정도로 불안이 많은 어린이였다. 엄마와 영화를 보러 가면 영화관 입장 후에도 엄마가 무심히 버린 티켓을 주워 만약을 대비했고 만원 버스에서 어렵게 확보한 자리에 엄마가 날 앉히면 혹여 엄마의 정수리가 사라지지 않을까 목을 빼고 찾았다. 혹시 엄마가 깜빡하고 나를 잊고 내릴지 모른다는 불안 때문이었다. 아무리 다리가 아파도 엄마 치맛자락을 붙들고 서 있는 게 나을 것 같았다. 어느날 밤엔 '부모님이 갑자기 돌아가시면 어쩌지'라는 터무니없는 생각이 무럭무럭 자라 베갯잇을 눈물로 적시기도 했다. 도대체 왜???… 내 불안증의 원인을 찾아보자면 일정 부분 부모님께 물려받았거나 양육 과정의 영향도 있겠지만 내 친언니의 성격은 나와 정반대인 걸 보면 어쨌든 부모님을 탓할 일만도 아니다. 나는 그렇게 타고난 것이다.

자라면서 불안은 다양한 가면을 쓰고 나타났다. 회피와 외면, 때론 의존의 형태로 양상만 바뀐 채 끊임없이 출몰했다. 최악은 '터무니없이 대범한 척하기'였는데 그건 스스로를 기만하는 일이었고 크고 작은 위험을 불러오기도 했다. 나는 불안이든 회피든 의존이든 기만이든, 성숙한 인간으로 살기 위해선 반드시 해결해야 할 문제라고 판단하고 불안을 몰아내기 위해 싸웠다. 책도 많이 찾아 읽었고 불안의 마음이 올라오면 그런 일은 일어날 리 없다는 합리적 근거를 찾기 위해 노력했다. 그러나 내가 공부한 불안은 결국 두려움의 다양한 표정 중 하나였고 두려움은 온갖 부정적 감정의 뿌리였다. 쉬운 싸움이 아니겠구나 싶었다.

내 불안은 모두 일어나지 않은 일에 대한 습관적 두려움이었다. 어떤 근거도 없는 막연한 두려움은 그래서 근거를 몰아낸다고 해결할 수 있는 종류의 것도 아니었다. 불안은 논리의 영역이 아니었으며 억지로 몰아낼 수도 없었다. 오히려 받아들이고 함께할 때 잦아들었다. 이제 불안이 느껴지면 '네가 또 왔구나' 한다. 피하고 싶거나 누군가에 기대고 싶을 때, 기댈 곳 없는 현실이 과도하게 처량하게 느껴질 때도 불안이 찾아왔음을 본다.

앞날에 대한 불안과 더불어 살기 위해 나름의 노력을 계속해온 끝에 요즘 내가 믿는 주문이랄까 한 가지 확실한 진실이 있다면 이것뿐이다. 지금이 이어져 미래가 될 거라는 것. 미래는 지금 이 순간의 연장선 중 어딘가일 뿐이다. 며칠 머물다 갈 만한 실체조차 없다. 그저 수많은 지금 중 앞으로의 어느 지점일 뿐. 지금을 통과하지 않고 찾아오는 미래는 없다. 모두 지금의 나를 통과한다. 나는 이제 불안이 몰려오면 무엇이든 지금 할 수 있는 것을 한다. 지금 이 순간이 이어진다는 믿음이 중요하다. 지금 괜찮다면, 괜찮은 날이 이어져 어떤 날이 될 것이다.

지금 걷고 있다면 어떤 날의 나도 계속 걷고 있지 않을까. 어쩌면 심장이 조금 더 튼튼해져 있지는 않을까. 혹시 뛰고 있을지도 모른다. 지금 공부하고 있다면 언젠가는 지금 배운 걸 나누고 있지 않을까. 지금 꽃을 보고 웃는다면, 그리고 내일도 모레도 웃는다면 그 언젠가도 웃고 있지 않을까. 혹 원치 않는 일이 닥치더라도 무수한 지금을 통과한 끝에 만나는 일이라면 그때의 나는 견딜 수 있게 되지 않을까.

누군가의 미래가 궁금할 때 나는 그 사람의 지금을 본다. 내가 종종 글을 쓰러 나오는 이곳에는 항상 같은 자리에서 사전을 펴놓고 공부하시는 할아버지가 한 분 있다. 나는 청소년도, 20대 젊은이도 아닌 이 할아버지의 미래가 가끔 궁금하다. 계속 저 자리에서 공부만 하실 수도 있겠다. 어쩌면 할아버지가 가장 바라는 것도 그것이 아닐까. 누군가 노후 대비가 막막한 비혼 프리랜서인 나의 미래를 궁금해한다면 글을 쓰는 지금의 모습을 이어서 상상해준다면 좋겠다. 내 의지만으로 유명한 작가가 될 순 없지만 계속 쓰는 사람으로 남을 수는 있다. 하고 싶은 일을 계속해나가는 삶, 내가 바라는 삶이다. 그리고 바람이 불안을 대신하도록 만드는 방법은 하고 싶은 일을 지금 하는 것이다.

지금 하고 있는 것 중
미래에도 하고 싶은 것은 무엇인가요?

소확행 다음에 오는 것

4~5년 전 나와 언니, 두 자매 모두 풀리는 일 없이 암울하던 시절, 별로 갈 곳이 없던 우리는 꽤 자주 만났다. 만나서 주로 하는 일이라곤 각자의 스마트폰을 들여다보는 것뿐이었지만 간혹 허공을 바라보며 하고 싶은 것 혹은 미래의 꿈 같은 걸 얘기하기도 했다. 나는 외국인 친구를 사귀기에 부족함 없는 영어 실력을 갖추고 싶고 평생 즐길 수 있는 악기와 운동을 한 가지씩 배우고 싶다고 했다. 마음에 드는 도시에 가서 몇 개월쯤 살아보거나 끝없이 걷는 여행을 떠나보고 싶다고도. 가장 큰 꿈은 단편 소설을 완성하거나 경제력을 갖춘 전업 작가가 되는 것이었지만 말하지는 못했다.

"언니는?" 빠른 답이 돌아왔다. "호가든에 매운 닭발." 언니는 요즘 하루의 가장 큰 낙이 맥주와 닭발과 넷플릭스라고 했다. 최고의 조합은 맥주에 닭발을 뜯으며 넷플릭스를 보는 것이라고. 맥주 한 캔을 다 비우기도 전에 얼굴이 닭발 양념만큼 붉어지면서도 언니는 이 조합을 포기하지 않았다. 하지만 나는 알고 있었다. 유치원에 다니는 조카를 돌보느라 경력 단절 중이던 언니가 진짜 바라는 건 파트타임 일자리가 아닌 안정적인 직장으로 돌아가기라는 사실을.

우리의 꿈은 달랐지만 공통점도 있었는데 바라는 걸 이루고자 애쓰는 걸 한동안 잊고 있었다는 사실이다. 반복되는 실패로 자신감이 떨어지기도 했고 장기적인 계획인 만큼 당장의 희생이 필요하거나 결과가 불확실했기 때문일 것이다. 그보다는 디저트 카페에서 오늘의 메뉴를 맛보거나 동남아의 어느 풀장에서 맥주를 따는 편이 더 효율적으로 행복을 느끼는 길로 보였다. 게다가 SNS에 사진을 올리면 순간을 영원히 남길 수도 있으니 일석이조 아닌가. 마침 소소하고 확실한 행복, '소확행' 열풍이 불고 있었다. 한편에선 이런 현상을 두고 사회의 구조적 모순을 지적하기도 했다. 사람들이 미래에 대한 희망을 잃고 작은 것만 탐닉하는 게 아니냐는 말이었다. SNS에 넘쳐나는, 비슷비슷 작은 행복들에 의구심이 들던 차에 고개가 끄덕여지는 지적이었다.

행복을 추구하는 다양한 방식 중 하나였던 소확행은 점점 진화해 갔다. 해시태그를 타고 소비 트렌드와 사업 아이템으로 변모한 소확행은 소소하게 탕진하는 재미 '탕진잼'을 유도하기도 한다. 작지만 확실한 행복과 자잘한 소비로 얻는 재미에는 보상이 확실하고 즉각적이라는 공통점이 있다. 얻을 것이 확실하고 즉각적인 것에 집중하는 태도는 노력의 보상이 불분명한 시대에 저항하거나 적응하는 태도로 보이기도 하지만 가능성을 제한하기도 한다. 애초에 인간의 삶은 연속적이고 복잡해 소확행만으로 대응하기엔 한계가 있다.

실제로 소확행을 추구하고 예찬하는 많은 이들이 불확실성을 두려워하면서도 노력하고, 더 공정한 사회를 요구하는 한편 개인적인 성장을 위해 조용히 애쓴다. 처음 소확행(정확히는 1994년 국내에 발매된 그의 수필집 《랑겔한스섬의 오후》에서 '작지만 확실한 행복'이라고 표현했다.)이라는 말을 만들어낸 일본 작가 무라카미 하루키조차 자기 규율에 엄격한 노력형 작가의 대명사다. 애초에 소설 쓰기란 완결과 보상의 기약이 없는 대표적 작업 아닌가. 하루키가 소확행을 추구했다면 그건 결과가 모호한 장거리 레이스를 잘 달려 나가기 위한 나름의 방편이었을 가능성이 크다.

나는 누구에게나 불확실한 하루하루를 헤쳐 나가는 자기만의 노하우가 있다고 믿는다. 소확행도 그중 하나가 아닐까. 나만의 소확행을 많이 가진 사람은 자욱한 안개 속에서도 포기하지 않고 자기만의 길을 헤쳐 나가기 유리하다. 유독 고단한 날 우리를 일으키는 건 의외로 작은 것일 때가 많다. 조용한 밤 따뜻한 격려를 주는 책 속 한 구절, 반차를 내고 찾은 한적한 영화관, 퇴근길에 산 좋아하는 꽃 한 다발⋯ 내 동료 중 한 명은 자신에게 꼭 맞는 압의 세신 서비스를 받고나면 새로 태어난 듯, 무엇이든 해낼 자신이 생긴다고 했다. 스스로를 보살피고 충전하는 방법은 역시 다양할수록 좋다.

하지만 소확행 리스트를 공유하는 것에서 이야기가 끝나지는 않았으면 좋겠다. 나는 소확행을 통해 몸과 마음을 충전한 다음이 더 궁금하다. 뜻대로 되지 않는 삶이지만 비틀비틀 자기 길을 만들고 걸어가는 사람들의 약하지만 끈질긴 이야기, 불합리한 사회 시스템에 반기를 들어 결국 개선해내는 작은 영웅들의 이야기 말이다. 소확행의 순간만큼 애쓰는 순간도 아름답다고 생각한다. 무언가를 이루기 위해 몸과 마음의 수고를 다하는 순간 말이다.

쉽게 할 수 있어서 하는 것도 좋지만 어려워도 해보는 것, 혹은 그저 더 잘하게 될지 몰라 해보는 것. 내가 닮고 싶은 모습이며 사랑하고 존경하는 내 친구들의 특징이기도 하다. 노력은 때때로 아니 자주 무력하다. 삶이란, 노력이 반드시 정직하게 작용하는 건 아니라는 걸 배워가는 과정에 불과할지 모른다. 그런데도 노력해보고 결과에 초연할 수 있는 것, 이것이야말로 노력의 배신이라는 삶의 조롱을 성숙하게 맞받아치는 유일한 방법이 아닐까.

맥주와 미드의 시간으로 자신을 충분히 충전한 언니는 다시 이력서를 내기 시작했고 수차례 더 좌절했다. 그러다 한 번의 행운이 찾아왔을 때 놓치지 않고 한 직장에 취직했다. 이른 아침 출근해 밤에 들어오는 언니에게 너무 무리하는 것 아니냐고 묻자 언니는 요즘 맥주 맛이 그렇게 달 수가 없다고 대답했다. 요즘 언니의 꿈은 직장 내 입지에 따라 커지고 쪼그라들기를 반복하지만 언니는 내 생각보다 사회적 야망이 큰 사람이었다.

언니가 소확행과 조금 다른 종류의 행복을 꿈꾸기 시작했다면, 소확행에 크게 공감하지 못하던 나는 요즘 그보다도 작은 '초 소확행' 추구형 인간으로 변했다. 버스 창밖으로 내려다본 강물이 햇빛을 받아 반짝일 때, 원하는 책을 구하러 달려간 중고 서점에서 새것에 가까운 책을 발견할 때, 포스트잇이 단번에

반듯한 수평을 이루며 착 붙을 때… 순간의 작은 행복감을 놓치지 않으려 노력 중이다. 무엇을 함으로써 행복한 것을 넘어 일상에 순간의 작은 기쁨을 들여 기분을 돌보면 글쓰기처럼 막막한 일을 해나가기 수월하기 때문이다. 내게 행복이란 내가 선택한 방향 안에서 좋은 순간을 많이 만드는 것이다. 그리고 그 순간들이 모여 더 나은 삶을 만들 것을 믿는다.

당신을 충전하는 확실한 방법 하나는 무엇인가요?

아침에 하고 싶은 일 한 가지

다음은 인터넷에서 발견한 한 존경스러운 직장인의 모닝 루틴이다.

아침에 눈뜨자마자 감사 일기를 쓰고 영어 문장을 외운다. 똑바로 앉아 10분쯤 명상한다. 이어 책 세 페이지를 읽은 다음 요가 매트에 눕는다. 요가가 끝나면 샤워를 하고 유기농 채소와 복합 탄수화물, 양질의 단백질로 구성된 아침 식사를 즐긴다.

내 지인 중엔 회식 다음 날에도 새벽 다섯 시 반이면 일어나 수영장으로 향한다는 사람도 있다. 물론 나는 저렇게 못 한다. 우선 아침형 인간이 못 된다. 어쩌다 아침 일찍 일어난 날엔 오후 서너 시부터 골골댄다. 아침형은 고사하고 아침 여덟 시형 인간도 될까 말까다. 하지만 이런 내게도 모닝 루틴이 있다. 눈 뜬 직후 침실 창을 열고 이부자리를 가지런히 정돈한 후 거실 소파로 나가 다시 눕기를 매일 반복한다. 소파에 누워 반쪽짜리 사과를 깨물어 먹으며 스마트폰으로 밤새 못 본 뉴스와 SNS를 살핀다. 곧 배가 고파진다. 파스타, 볶음밥, 토스트와 오믈렛… 간밤의 긴 공복 동안 먹고 싶었던 음식이 머릿속을 둥둥 떠다닌다. 신중하게 결정해야 한다. 아, 쌀쌀한 계절엔 차를 한 잔 마시면서 한다. 나는 이 시간이 그렇게 좋다.

모닝 루틴, 나이트 루틴, 주말 루틴… 몇 년 전까지만 해도 극도의 긴장감 속에서 최고의 성과를 내야 하는 운동선수들 사이에서나 쓰이던 단어 '루틴'이 요즘 이곳저곳에서 널리 쓰이고 있다. 어쩌나 자기 관리, 시간 관리에 철저한 사람들이 많은지 듣고 있자면 나만 너무 되는대로 사는 게 아닌가 싶은 생각이 들기도 한다. '성공을 위한 열 가지 습관' 같은 자기 계발서의 지침들과 무엇이 다를까 싶었던 루틴에 대해 최근 나는 새로운 사실을 알게 됐는데 바로 글쓰기 루틴을 통해서다.

단행본 마감을 앞두고 요즘 매일 네다섯 시간 규칙적으로 글을 쓰다 보니 내게도 글쓰기 루틴이 생겼다. 커피나 차를 한 잔 만들어 곁에 둔 다음 오늘 쓸 아이템에 어울리는 음악을 떠올린다. 노트북 충전기를 연결하고 부팅한 다음 유튜브에서 최소 두 시간이 넘는 음악을 플레이한다. 주로 피아노 연주곡을 듣는데 건반 음이 강약을 반복하며 끊어지지 않고 이어져 아름다운 곡을 만들어내는 일이 어쩐지 글쓰기와 닮아 격려가 된다. 그리고 문서를 열어 깜빡이는 커서를 몇 초간 그냥 본다. 노트북 하단의 시간도 확인한다. 목표 집중 시간은 두 시간. 두 시간 동안은 어떻게든 키보드 위에 손가락을 올려놓고 검열 없이 머릿속에 떠오르는 걸 쓴다. 이 초고는 긴 퇴고 과정을 거치는 동안 원래 모습을 거의 잃을 테지만 어쨌든 이 최초의 주절거림 없이는 글이 완성될 수 없다.

내가 겪은 루틴은, 시간 관리나 유익한 습관 형성을 위한 방법이라기보다 불확실한 상황에 대응하기 위해 몸과 마음을 적절한 상태로 세팅하는 일이었다. 나의 루틴은 내게 주는 암시이자 사인이다. 안전한 일상의 감각을 제공하는 차 한 잔과 친근한 음악은 이 막막한 글쓰기 작업을 내 페이스대로 끌고 나갈 수 있다는 다소 무모한 암시다. 잠시 깜빡이는 커서를 보며 이 공백 위에서 차츰 글이 완성되어 가는 모습을 상상한다. 이제 시작하라는 사인이다. 오늘도 나는 고치고 또 고칠, 그렇다고 좋아진다고 보장할 수 없는 부끄러운 초고밖에 못 쓰겠지만 그래도 쓰는 수밖에 없으니 밀고 나가라는 격려, 만족할 만한 글을 쓰지 못해도 안 쓰는 것보다는 나을 거라는 다독임이다. 그럼에도 불쑥불쑥 올라오는 목소리가 있다. '사람들이 과연 내 글을 읽어줄까.' '나까지 쓸 필요는 없지 않을까.' 그렇게 노트북 을 덮고 싶은 위기를 몇 번이나 넘기면서 쓴다.

마감이라는 단순한 목표 아래서 시작했지만 글쓰기 루틴을 반복하는 동안 내가 왜 글을 쓰는지, 누구에게 가닿을지 알 길 없이 쓰는 이 순간을 견디는 의미에 대해서도 생각하게 됐다. 성공을 향한 습관이 가리키는 게 출판과 저자 되기라면 의심과 회의, 실패와 실망 속에 위태롭게 이어간 루틴의 보상은 뜻밖에 도 글쓰기의 결과가 아닌 그저 쓰는 과정의 정직한 기쁨이었다. 이런 종류의 기쁨도 기쁨이라 부를 수 있을지는 모르겠지만.

루틴에 관해서라면 작가 무라카미 하루키를 빼놓을 수 없 다. 하루키는 소설을 쓸 때 매일 새벽 네 시에 일어나 대여섯 시간을 쓰고 오후엔 수영이나 달리기를 한다고 알려졌다. 특 히 그는 자신의 정체성을 소설가이자 러너라고 밝힐 만큼 달리 기를 몹시 사랑한다. 처음엔 '글쓰기를 위해 자신의 하루를 저 렇게 헌신할 수도 있군. 지독한 걸' 정도로 생각했지만 그의 책

《달리기를 말할 때 내가 하고 싶은 이야기》를 읽으면서 나는 그가 글을 쓰지 않아도 계속 달릴 것임을 알았다. 소설 쓰기라는 목표를 갖고 짜였던 루틴이 목표와 상관없는 절대적 희열로 변해가는 과정을 보았기 때문이다.

모닝 루틴은 아침형 인간의 유익한 습관이나 세련된 라이프 스타일이 아니라 자기만의 삶의 리듬을 지키고자 애쓰는 사람이 하루를 여는 작은 고집, 혹은 대체로 뜻대로 되지 않는 하루를 최대한 잘 살아보겠다는 다짐 같은 것인지도 모른다. 간혹 하루키 같은 거장의 루틴은 그 자체가 삶의 미학으로 승화되기도 한다. 그러나 루틴의 가장 확실한 효용은 매일 아침 자기가 좋아하는 일을 성실히 함으로써 느끼는 '기분 좋은 상태'가 아닐까. 앞에 예를 든 난이도 높은 모닝 루틴과 단순한 습관에 가까운 나의 느슨한 모닝 루틴 사이에서 굳이 공통점을 찾자면 아침에 좋아하는 일을 한 가지 이상 한다는 점이다. 습관적으로 하는 일 말고 하고 싶어서 하는 일이 포함되어 있다.

여느 꼬맹이들처럼 아침잠 많고 등교하기 싫어하는 내 조카는 아침에 눈 뜨자마자 애착 인형의 이름을 노래처럼 만들어 부르며 밤사이 안부 인사를 건넨다. 이 행동을 하루도 빠뜨리지 않는다고 한다. 어린아이도 좋아하는 일로 하루를 시작하는 게 좋다는 걸 본능적으로 안다.

어떤 하루는 모닝 루틴 같은 걸로 손 쓸 수 없을 만큼 어렵다는 걸 아는 나이가 되어서도 조카가 인형과 긴 아침 인사를 나누던 순간의 순수한 즐거움만큼은 잊지 않았으면 좋겠다. 그러니까 모닝 루틴, 그거 별 거 없다. 그저 내가 좋아하는 작은 일을 아침에 배치하고 성실히 반복할 것, 그리하여 어찌 될지 모를 하루지만 어쨌거나 기분 좋게 시작할 것.

아침에 하고 싶은 일 한 가지는 무엇인가요?

그녀가 바란 하루

* 영화 〈화차〉(2012)에 대한 상세한 설명이 포함되어 있습니다.

변영주 감독의 영화 〈화차〉를 좋아한다. 일본 원작 소설보다 더 좋았다. 원작이 형사가 사건을 파헤치는 동안 드러나는 사회 문제에 집중했다면 영화는 주인공 경선이 욕망하는 것과 끝내 그것을 갖지 못하는 과정을 냉정하게 보여준다.

"그저 행복해지고 싶었을 뿐인데……."

괴물이 되면서까지 경선이 갖고자했던 건 '행복'이었다. 행복해지고 싶어서 사람을 죽이다니… 행복이 대체 뭐기에. 행복을 꿈꾸지 않는 사람은 없을 것이다. 다만 그것은 궁극의 목표

일 뿐 대개는 행복을 위해 필요하다고 여기는 구체적 무언가를 욕망하기 마련이다. 돈, 지위, 명예… 경선이 바란 건 돈도 남편도 직장도 아니었던 것 같다. (실제로 경선은 자신의 정체가 탄로 날 조짐을 보곤 집과 약혼자를 버리고 도망친다.) 연봉이 오르거나 좋은 배우자를 만나는 것이 아니라 그저 평범한 하루들이 계속되는 것. 사채업자들이 찾아와 칼부림 하지 않고, 일정한 곳에서 먹고 자고, 좋아하는 사람들과 함께 하는 것. 경선에게 행복은 누구에게나 주어진 '일상을 갖는 것'이었으리라.

경선은 아버지로부터 물려받은 사채의 굴레에서 벗어날 수 없음을 깨닫고 자신과 비슷한 외형의 여자를 죽여 그의 신분을 훔친다. 다른 사람의 삶을 차지한 경선. 여름 한낮, 하늘거리는 원피스를 입고 길을 걷다 한 동물병원 앞에 멈춘다. 병원에서 내놓은 우리 속 강아지를 발견하곤 쪼그리고 앉는다. 강아지를 한참 구경한다. 그런 경선에게 동물 병원 원장 문호가 다가와 수줍게 아이스크림을 건넨다. 완벽하게 흔한 풍경이다. 그런데 나는 영화를 반복해 볼 때마다 이 장면이 가장 아프다. 경선이 살인의 대가로 얻은 것은 이토록 사소한 순간이었다. 또 다른 장면, 연인이 된 두 사람은 평범한 데이트를 즐긴다. 경선은 남자 친구의 셔츠를 걸치고 소파에 비스듬히 앉아있다. 테이블엔 입구가 열린 과자 봉지와 짝이 맞지 않는 머그컵 두 개. 위험할

건 아무것도 없다. 그러나 이렇게 평온한 순간에도 경선의 얼굴엔 불안과 예지적인 체념이 드리워져있다. 이런 흔한 순간조차 자신에게 허락된 것이 아니라는 걸 알기 때문이다.

위태롭게 유지되는 일상을 포기하지 않고 붙드는 사람의 표정은 늘 내 눈길을 끈다. 자신이나 가족이 큰 병에 걸린 경우가 그렇고 이별을 예감한 연인의 얼굴이 그렇다. 함께 웃고 울고 산책하고 차 마실 수 있는 시간이 사라져 가는 걸 아는 사람의 표정엔 초조함과 체념, 오기와 성실 같은 것이 동시에 배어있다. 인간이 가질 수 있는 가장 복합적인 표정 중 하나다. 경선은 평범한 일상을 얻기 위해 살인과 거짓으로 평범함을 버렸다. 영화 속 경선의 표정은 자신의 이율배반을 정확히 알고 있는 사람답게 어딘가 어둡고 그늘져있다.

이 영화에서 내 눈길을 끄는 또 하나의 얼굴이 있다. 사촌동생 문호의 요청으로 사건 해결에 뛰어든 종근의 얼굴이다. 종근은 뇌물죄로 해직된 전직 형사로 방 안에 웅크린 존재다. 작은 일자리를 알아봐주는 전 동료의 호의도 마다한 채 폐인처럼 지낸다. 홀로 분식집을 운영하는 아내의 잦은 한숨에 귀를 기울일 마음의 여유도 없다. 그러던 그가 경선의 실체에 다가갈수록 표정에 활기를 띤다. 사건의 실마리가 잡힐 즈음엔 식음을 전폐한 문호에게 달걀 프라이까지 해다 줄 정도로 적극적으로 변한다. 중병 환자처럼 칙칙하고 어둡던 얼굴이 차츰 밝아진다. 종근의 표정이 밝아진 이유는 무엇일까? 사설탐정으로나마 형사의 정체성을 회복했기 때문에? 어쩌면 경선의 사연을 파헤치는 동안 실직을 핑계로 삶 전체를 방기했던 자신의 모습을 깨달았기 때문은 아닐까. 종근이 지위나 명예처럼 특별한 조건이 충족된 삶을 가치 있게 여겼다면 경선이 바란 건 아무런 조건도 필요치 않은 그저 평범한 하루였다.

수많은 재난 영화가 평범한 사람들의 평범한 일상을 보여주면서 시작된다. 재난이 파괴하는 가장 중요한 것이 부나 명예가 아니라 그저 매일의 평범한 하루라는 사실을 보여주는 듯하다. 실제로 재난을 겪은 사람이 가장 힘들어하는 것도 바로 일상의 박탈이라고 한다. 크고 작은 사고로 일상의 붕괴를 겪은 이들을 더 고통스럽게 만드는 건 가까운 곳에서 펼쳐지는 사소한 풍경에 자신은 속하지 못한다는 소외감일지 모른다.

내게도 그런 때가 있었다. 시작하려는 일마다 위에서 누가 조종이라도 하듯 좌절되었고, 관계는 깨졌다. 희망이 하나씩 사라질수록 마음이 서서히 부서지는 게 느껴졌다. 폐허가 된 마음은 일상의 평범한 기쁨을 느끼지 못하도록 만들었다. 깊은 우울감에 빠져있는 내게 SNS 속에 펼쳐진 평범한 주말 풍경이

나 간식을 권하며 두런두런 이야기 나누는 방 문 밖 가족들의
목소리는 나와 전혀 관계없는 세상이었다.

그러나 얼마 뒤 결국 나를 일으켜준 것 또한 일상이었다. 특
정한 조건이 충족되지 않는다는 좌절감이 나를 우울의 늪으로
빠트렸다면 우울감이 나를 집어삼키지 못하도록 지켜준 건 놀
아달라는 조카의 투정과 친구의 안부 문자, 아침의 햇살과 저녁
의 바람이었다.

"나 사랑하기는 했니?"

영화의 결말, 모든 진실이 밝혀진 후 마침내 찾아낸 경선 앞
에서 문호는 겨우 이렇게 묻는다. 약혼자의 무시무시한 실체를
알아버린 후에 할 법한 질문은 아니다 싶지만 경선의 슬픔에 이
입한 나는 이 말이 무척 마음에 든다. 문호는 끝까지 경선을 일
상 밖의 인물로 바라보지 않았다. 범죄 보도에나 나올법한 타
자가 아니라 그저 자신을 배신한 여자 친구로 대했다. 사랑에
빠지는 건 비일상적 이벤트지만 사랑하는 사람들은 반드시 일
상을 함께 누린다.

소중한 사람과 함께 하고 싶은 하루의 일은 무엇인가요?

시시포스의 소소한 즐거움

초등학생 시절, 우리 집엔 책을 읽는 사람이 나밖에 없었고 내겐 늘 책이 부족했다. 책 한 권이 생기면 다른 책이 생길 때까지 읽고 또 읽었는데, 열 살 무렵 아빠가 생일 선물로 사주신 전래 동화집도 마찬가지였다. 어린이 교육용으로 순화되어 권선징악과 사필귀정의 교훈을 담은 이야기들을 나는 반복해 읽었다. 동화 속에선 모든 것이 좋은 것과 나쁜 것으로 착착 구분되어 있었다. 욕심 부리지 않고 근면한 것이 선(善)이었고 선한 자는 보상을 받았다. 잘못된 일은 반드시 바로잡혔다.

그런데 내 눈에 비친 현실은 달랐다. 누구보다 부지런했던 아빠는 피곤함 속에 점점 예민해져갈 뿐이었고 너의 부모는 왜 인사하러 오지 않느냐며 나를 차별하던 담임선생님의 얼굴은 동화 속 악당의 심술궂은 생김새와는 거리가 멀었다. 물론 벌을 받지도 않았을 것이다. 동화의 명쾌한 법칙을 의심하던 나를 사로잡은 이야기는 따로 있었으니, 주로 다달이 나오던 학습지 중간에 실린 이야기들이었다.

평화롭던 도시에 어느 날 갑자기 큰 화산이 덮쳐 도시가 통째로 사라졌다. 사라진 도시 폼페이의 전설이다. 요약하자면 한 줄로 요약할 수도 있을 만한 이 허무한 이야기에 빠져들었던 이유는 전반부에 폼페이에 살던 사람들의 평범한 일상이 꽤 자세히 묘사되어 있었기 때문이다. 훗날 유적을 발굴해 연구한 사료를 바탕으로 재구성된 이야기였다. 사라질 도시의 마지막 날, 그것이 마지막인 줄 모르고 평범한 하루를 살던 사람들이 있었다. 부모와 다투고, 사랑을 나누고, 빵을 굽고… 그러다 갑자기 비극이 닥쳤다. 한 도시의 삶이 멈췄다.

폼페이 이야기가 무섭고 슬펐다면 기괴하다고 느낀 이야기도 있다. 한 남자가 산 정상을 향해 바위를 밀어 올린다. 가까스로 정상에 닿은 바위는 중력의 법칙대로 다시 굴러 떨어진다. 남자는 또다시 바위를 밀어 올린다. 바위는 또 떨어진다. 신을 속인 죄로 영원히 산꼭대기로 바위를 밀어 올리라는 형벌을 받은 사나이 시시포스의 이야기다.

어릴 땐 폼페이 사람들과 시시포스가 불쌍하다고 느끼고 넘어갔던 것 같은데 내 무의식은 그게 아니었던 모양이다. 삶의 허무와 인간의 무기력을 이보다 더 강렬하게 보여주는 이야기가 또 있을까. 선과 악의 경계는 모호했고 비극은 선악을 가리지 않았다. 모든 인간에게 기본적으로 작용하는 삶의 폭력성과 이해할 수 없음에 나는 일찌감치 눈을 떴다. 한치 앞을 내다보지 못하고 도시와 함께 사라진 폼페이 사람들과 끝이 보이지 않는 무용한 노동을 계속해야하는 시시포스의 이야기를 통해 아마도 나는 알아서는 안 될 삶의 비밀을 엿본 것 같았으리라. 한동안 저 이야기들을 떠올릴 때마다 기분이 이상해지곤 했던 걸 보면.

이런 이야기들을 가슴 깊숙한 곳에 묻어둔 채 자란 내게 '열심히 살라'는 말은 어쩐지 공허하게 들렸다. 한 인간이 고유한 운명을 등에 지고 태어나는 순간, 시대와 부모와 국적이 정해진 이상 개인의 노력이나 의지가 얼마나 작용할 수 있을지 의문이었다.

1997년 IMF가 터졌다. 개인의 노력이 거의 작동하지 않는 상황에서 속수무책으로 쓰러지는 사람들을 봤다. 어린 아이들에게도 타격은 고스란히 이어졌다. 내 주변의 많은 사람들이 말도 없이 어디론가 떠났다. 전설 속의 누군가가 아닌 바로 내 곁에서 일어나는 현재의 비극이었다. 열심히 살라는 말의 터무니없음은 그 후로도 수없이 목격됐다. IMF 이후 잘 살아보고자 노력할수록 가난해지는 사람이 늘어갔다.

그 혼란스러운 틈에 나는 성인이 됐고 어떻게 살아야 할지 오락가락했다. 어떤 날은 사람들에 휩쓸려 성공을 꿈꾸며 날아오르길 원했고 그때마다 내 허약한 날개에 좌절했다. 그리고 어떤 날엔 삶은 원래 불공평한 것 아니냐며 냉소했다. 내가 선택하지 않은 것을 내 삶의 중심에 놓고 오버하거나 비관하거나 했다. 그러다 문득, 잊고 지낸 폼페이와 시시포스 이야기가 떠올랐다. 나는 그 이야기를 잊지 못하는 것 뿐 아니라 깊이 사랑하고 있었다. 내가 좋아했던 이야기의 진짜 의미를 찾아야 했다. 그리고 다시 꺼내 읽은 두 이야기는 이제, 속수무책으로 내던져진 삶에 끝까지 성실히 대응한 사람들의 이야기로 읽혔다.

삶의 폭력성을 인정하고 다시 열심히 살라는 말이 무엇인지 정의해보자면 '현실을 인식하고 선택할 수 있는 것을 최대한 선택한 뒤 그에 책임지는 삶'이라고 말하겠다. 내 의지를 반영할 수 있는 아주 작은 것이라도 선택할 것, 그리고 선택의 결과에 책임질 것. 삶을 자신의 역량과 의지만으로 제어할 수 있다고 믿는 것도 무모하지만 운명을 빌미로 선택하지도 책임지지도 않겠다는 태도도 비겁하다.

세계관이 생긴다는 건 자기에게 꼭 맞는 이야기를 찾는 것일지도 모르겠다. 나는 일찌감치 폼페이와 시시포스 이야기를 찾았지만 제대로 소화시키지 못해 아이도 어른도 아닌 채 오래 방황했다. 그러나 잊고 지낸 옛 이야기를 떠올리고 새롭게 해독하면서, 나는 삶을 정성껏 살아보고 싶어졌다. 언제 무엇이 덮쳐 빼앗아갈지 모를 오늘을, 매일 떨어지는 뻔한 과업과 끝내 가벼워지지 않을 삶의 무게를 어깨에 지고 그저 담담히 앞으로 나가보기로 한 것이다.

누구의 인생에나 일정 부분 시시포스적인 풍경이 깃들어있다. 우리 모두 시시포스의 돌처럼 자기만의 짐을 지고 세상을 산다. 그 돌이란 생계를 이어나가는 일일 수도, 끊을 수 없는 혈연일 수도, 혹은 스스로 받아들이지 못하는 자신의 어떤 모습이나 끝내 닿을 수 없는 꿈일 수도 있다. 나는 이제 시시포스를 떠올릴 때 뙤약볕 아래 돌을 굴리는 모습만을 상상하지 않는다. 한줌 바람 아래 땀을 식히고 하늘을 바라보며 땀을 씻어내는 손, 영원히 굴려야 하는 돌이라도 조금 더 잘 굴려보고자 궁리하는 표정을 생각한다. 돌을 굴리는 사이사이 시시포스에게도 작은 기쁨은 있었을 것이다. 어쩌면 가혹한 벌을 내린 신에게 맞서 판을 뒤집어볼 궁리를 했을 지도 모른다. 내게 시시포스는 감당해야 할 운명에 적극적으로 대응하는 자유인의 상징이다. 폼페이의 사람들은 자신의 마지막을 예측하지 못했지만 바로 그렇기에 마지막까지 빵을 구우며 삶에 충실할 수 있었을지 모른다. 마지막을 모르고 사는 삶을 나는 더 이상 어리석다 여기지 않는다. 폼페이와 시시포스의 이야기가 비극인 동시에 아름다운 이유는 그럼에도 불구하고 살아간 사람들의 이야기이기 때문이다.

삶의 마지막 순간까지 성실히 하고 싶은
매일의 일은 무엇인가요?

서퍼의 파도 vs 항해사의 파도

개편 때가 되면 가뜩이나 시끄러운 방송국이 큰 변화를 앞두고 더 술렁인다. 그중에서도 프리랜서로 활동하는 출연자와 방송 작가들의 불안감이 아마 가장 크지 않을까. 개편을 앞둔 어느 날, 내 사정을 잘 아는 방송계 동료 겸 친구를 만났다. 대학 졸업반 무렵, KBS에서 막내 작가와 FD로 만나 지금은 절친이 된 사이다. 친구는 학업과 일을 병행해 점차 안정적인 자리로 이동하더니 이제는 한 방송사의 메인 프로그램을 맡는 PD로 자리 잡았다. 우리는 제인 에어와 빌 브라이슨을 좋아한다는 사실을 빼고는 비슷한 면이 거의 없지만 어찌된 일인지 서로를 좋아한다.

우리가 자주 가는 홍대의 한 맥줏집. 그날도 나는 수다를 한 보따리 풀어놓았다. 이번 개편에서 프로그램이 폐지되지는 않을지 관계가 불편한 사람과 팀으로 엮이진 않을지 한참을 떠들다 너무 내 얘기만 한 것 같아 지나가는 말을 보탰다. "너는 이런 걱정이 없으니 좋겠다." 프라임 타임 방송을 맡으며 바쁘게 지내던 친구의 답은 뜻밖이었다.

"난 만성 슬럼프인 걸."

"넌 일하는 거 좋아하잖아?"

"좋아하지. 그래서 슬럼프라고. 일이 아무리 힘들어도 한창 잘 나가고 보상도 확실할 땐 슬럼프가 안 오더라. 잘 나가다 주춤하거나 보상이 불만족스러울 때, 아니면 더 이상 발전이 없겠다고 느껴질 때 슬럼프가 오지."

직장인에게는 직장 내의 흥망성쇠가 있다고 했다. 오래 일하다보니 이 사이클이 반복되더란다. 잘 나갈 때는 문제가 없다. 내리막에 접어든 느낌이 들 때 잘 버티는 게 중요한데 아무리 대비하고 노력해도 여전히 쉽지 않다고. 그러고 보니 방송작가 일을 오래 해오는 동안 나도 비슷한 경험을 했다. 일하는 게 신날 때도 있지만 언제까지 할 수 있을까, 언제까지 해야 하나 회의가 드는 순간도 많았다. 친구 말처럼 일이 싫거나 몸이 고되어서만은 아니었다. 일하는 방식은 달랐지만 우리는 둘 다 더 잘 하고 싶어서 힘들었던 걸지도 모른다.

"그래서 너는 어떻게 넘겼는데?"

"그냥 끙끙 앓으면서 조금씩 하고 싶은 걸 했어. 회사 일이랑 전혀 상관없는 일을. 그렇게 버티다보면 또 나아지더라고."

친구와 나는 말없이 맥주잔을 들며 맥줏집의 커다란 스크린으로 눈길을 돌렸다. 서핑 컨셉의 펍답게 서핑 동영상을 틀어두었는데 영상 속 서퍼는 뭉게구름보다 큰 파도 사이를 마치 하늘을 날듯 누비고 있었다.

20대 때까지 나는 꽤나 계획하고 대비하는 타입이었다. 아니, 통제할 수 없는 상황을 견디지 못하는 소위 '컨트롤 프릭'에 가까웠다. 삶에서 일어날 수 있는 모든 조건을 하나하나 헤아리고 개입하고 통제하려고 했다. 심지어 TV를 볼 때도 내가 놓치는 정보가 있을까 봐 하나의 채널에 고정하지 못한 채 리모컨을 붙들고 있을 정도였다. 그러던 내가 지금은 모든 상황을 컨트롤하려거나 앞날을 예측하려 하지 않고 흘러가는 대로 지켜보고 흐름에 맞춰 대응하는 쪽으로 변했다.

모든 변수를 고려하고 계산하기를 그만두게 된 이유는 무엇보다 예측에 쏟는 노력이 별 효과가 없다는 사실을 일을 통해 반복적으로 경험했기 때문이다. 예측이 맞지도 않고, 맞는다 해도 별다른 대책이 없는 경우가 많았다. 내가 맡은 프로그램이 폐지되면 나도 하차해야 하고 PD가 바뀔 땐 나와 일하는 스타일이 크게 맞지 않으면 그만 두어야 했다.

생업의 불확실성을 헤쳐가는 동안 뜻밖에도 삶을 대하는 태도가 변했다. 비유하자면 예전엔 최대한의 정보를 끌어 모아 날씨를 예측하고 그에 맞는 운항 법이나 장비를 준비하는 항해사였다면 지금은 맨몸으로 보드 하나에 의지해 파도에 몸을 싣는 서퍼처럼 산달까. 항해사 시절엔 열심히 갈고 닦은 항해 실력을 인정받지 못하거나 상황이 내 뜻대로 안 되면 억울해했고 바다를 원망하기도 했다. 그러나 서퍼가 된 다음부턴 인정받고 싶거나 탓하는 마음이 줄었달까. 바다는 바다의 일을 할 뿐 서퍼에게 별 관심이 없다는 사실을 알았기 때문이다. 서퍼는 그저 파도를 기다릴 뿐이다. 한 번이라도 더 올라타기 위해 기회를 엿본다. 파도가 없는 바다에서 서핑이 무슨 의미가 있을까. 아니 파도 없는 서핑이란 성립조차 하지 않는다. 서퍼는 파도를 피해선 안 된다.

개편을 앞두면 동료들이 종종 뭔가 들은 바 없는지, 불안하지 않은지 묻는다. 물론 불안감이야 늘 있지만 새로운 파도가 오고 있구나 하고 기다리는 것 외에 마땅히 할 수 있는 일이 없다. 불안을 키우기보다 두려움을 받아들이기로 하면 담담해진다. 파도는 하나의 요소일 뿐 그 자체로 좋거나 나쁘거나 한 것은 아니다. 맞닥뜨렸을 땐 공포스럽기만 하던 큰 파도가 나중에 돌아보면 나를 상상하지 못한 곳에 데려다주었음을 깨닫기도 하니까.

고등학생 때부터 뚜렷한 방향을 설정하고 준비해 진로를 개척해온 PD 친구 또한 직장 생활의 흥망성쇠를 통해 계획의 한계를 절감했을 것이다. 그로서도 외부 상황을 완벽히 통제하거나 밀려오는 슬럼프를 막는 건 불가능했다. 그럼에도 친구는 항해사의 키를 손에서 놓기보다 항해술을 업그레이드시켜 나가는 편을 택한 것 같다. 친구는 자신을 이렇게 평가했다. "처세술도 없고 빠릿빠릿하지도 못하지만 장점이 있다면 회사 안에서 내 위치를 잘 안다는 거지." 이번 슬럼프가 길어지는 걸 보면 현재의 직장에서 자기가 더 발전하기는 어려울 것 같다고도 덧붙이는 걸 보니 아무래도 친구는 다음 항로를 탐색하며 무언가를 준비 중인 듯하다. 예부터 항해사의 중요한 능력 중 하나가 배의 위치를 정확히 파악하는 것이라고 했던가.

사는 동안 내내 크고 작은 파도가 밀려오고 밀려갈 것이다. 친구와 나는 그때그때 각자의 방식으로 파도를 다루며 삶이라는 바다를 건널 것이다. 이런 우리가 공통적으로 좇는 바다 위의 수칙이 있다면 이쯤 되지 않을까. '오늘의 파도와 싸우지도 파도를 피하지도 말 것. 온전히 받아들일 것.'

　기가 막힌 서핑 영상 속에서 서퍼들의 마지막 자세는 한결같았다. 집채만 한 파도를 가지고 놀다가도 마지막엔 늘 파도에 휩쓸리거나 나뒹군다. 서퍼는 기꺼이 파도에 안기는 사람인가보다. 인간이 무슨 수로 바다를 이길 수 있을까. 서퍼는 바다가 허락하는 만큼 서핑할 뿐이고 사람은 삶이 허락하는 만큼 산다. 나는 이렇게 끝나는 이야기가 좋다.

당신은 어떤 파도 앞에 서 있나요?

PART 2

오늘은
오늘의 행복만

아름다움을 보기로 했다

어느 날 아침, 탁자 위 화병에 꽂아둔 장미 꽃잎이 밤사이 떨어
져 있는 걸 봤다. 진분홍의 작은 잎들이 흰색 테이블에 핏방울
처럼 점점이 떨궈져 있었다. 무심히 주워 휴지통에 내다 버려
도 그만일 그 잎들을 한참 들여다보았다. 장식용 꽃은 마지막
까지 고왔다.

내가 가진 몇 안 되는 재능 중 가장 귀하게 여기는 걸 꼽으
라면 주저 없이 발견하는 능력을 들겠다. 특히 귀여운 것, 예쁜
것, 그리고 아름다운 것을 잘 본다. 온갖 것에서 찾아낸다. 아침
창가의 탁자에 드리운 그림자에서, 흐린 날 오래된 아파트 아래

붉게 핀 목련 나무에서, 여름날 커피 잔 안에서 빙그르르 도는 얼음 조각에서. 누가 보기에도 마땅히 좋은 것이 아닌 그저 늘 보는 흔한 것에서 본다.

발견하는 능력이 있어 다행이라 여긴 건, 내가 주위 사람 대부분에게서 귀여운 면을 본다는 사실을 알게 되면서부터다. 많은 사람들이 고개를 젓는 이에게서도 나는 귀여움을 찾아냈다. 강아지나 고양이라면 모를까 사실 나는 사람을 좋아하는 편이 아니다. 사람들과 비교적 무난히 지내는 것처럼 보이지만 속으로는 싫어하는 사람도 많고 누군가를 오래 미워하기도 한다. 이렇게 사람에 대한 호불호가 강하고 대체로 옹졸한 성격임에도 나는 미워하는 대상에게서조차 귀여움을 발견할 때가 많다. 여기서 말하는 귀여움이란 아마 인간의 불완전함에서 비롯된 어떤 면모일 것이다. 기대하고 상처받고 설레거나 겁내는 모습이 그를 가깝게 느끼게 해준다. 누군가가 싫다고 해서 그의 귀여움이 사라지는 건 아니었다. 특히 활짝 웃거나 사소한 농담을 나누며 박장대소하는 사람을 보면 귀엽다는 생각이 밀려든다. '저 얄미운 인간에게도 저렇게 웃어재끼는 순간이 있구나.' 이해관계가 날카롭게 엇갈리는 상황에서 갈등을 빚던 사람이 웃는 모습을 보면 어딘가 마음이 편해진다. 그리고 미운 감정이 사그라든다. 아주 약간이지만.

사람을 미워하는 감정은 참으로 독해 미움을 내뿜는 자신을 가장 먼저 해친다. 어쩌면 나는 미움의 독소로부터 나를 보호하기 위해 본능적으로 사람들에게서 귀여운 면을 찾기 시작했는지도 모르겠다.

행복이란 주어지기를 기다리는 자가 아닌 누리고자 결심한 사람이 느낄 수 있는 능동적인 만족감이라고 생각한다. 특정 상태가 충족될 때를 기다리는 이에게 행복은 언제 찾아올지 모르고 찾아온다 해도 일시적이다.

〈풀꽃〉이라는 짧은 시로 많은 독자에게 사랑받은 나태주 시인은 자세히 보아야 예쁘고, 오래 보아야 사랑스럽다고 썼다. 풀꽃에서 사랑스러움을 느끼는 사람은 행복의 능력을 갖춘 사람이다. 〈풀꽃〉에서 오래 보고 자세히 보는 것은 '관찰'과 닮았다. 행복을 누리는 건 관찰하고 발견하는 능력과 관련이 깊다. 관찰과 발견은 지극히 능동적인 작업이다. 눈을 크게 뜨고 두리번거린들, 보겠다는 의지가 없으면 마음을 움직이기 어렵다. 본다한들 본 게 아니다. 아름답기로 유명한 여행지에 데려다 놓아도 "볼 것도 없네"라며 습관적으로 혀를 차는 사람이 있다. 반면 길가의 풀꽃 한 송이에서도 예쁨과 사랑스러움을 발견하는 사람도 있다. 볼 줄 아는 것은 역시 능력이다. 이 능력을 기르면 행복한 상태를 조금 더 자주 쉽게 느끼게 될지 모른다.

사람에 대한 미움을 다스리고자 귀여움을 보기 시작했던 것처럼 아마도 나는 세상살이의 어려움과 추함을 절감하면서부터 아름다움을 찾아내기 시작했을 것이다. 유독 삶이 힘들게 느껴지는 날, 내가 한없이 보잘것없어 보이는 날들이 있었다. 무심히 올려다본 하늘의 노을이 너무 아름다워 더 슬펐던 날, 나는 어쨌든 살아갈 거라면 아름다움을 더 꼼꼼히 느끼겠다고 다짐한 것 같다. 수시로 찾아오는 삶의 슬픔과 비루함 사이에서 말이다.

때때로 냉혹하고 대체로 무미건조한 현실에서 기어이 아름다움을 찾아내는 능력은 희귀하다. 대부분이 굳이 하려고 들지 않는다. 현실을 직시하지 못하는 정신 승리라고 타박이나 받기 십상이다. 그럼에도 나는 아름다움을 보기로, 필사적으로 좇기로 한다. 남들 눈엔 별 볼일 없는 나의 생이 나만의 생으로 빛나는 이유는 일 년에 몇 번 없을 기념일 덕분이 아니란 걸 알기 때문이다.

지금껏 일생에 찬란하기만 한 순간이 몇 번이나 있었을까. 꼽아보니 서너 번? 이마저도 시간이 지나 희미해져 버렸다. 하지만 일상에서 보는 아름다움은 매일이 새롭다. 오늘의 구름과 어제의 구름은 다르고 여름의 풀은 봄의 꽃과 다르다. 나는 지금을 본다.

　내가 아름답다 여긴 것들을 돌아보니 대개가 언젠가 사라지는 것들이다. 햇살은 서서히 밀려나 이전의 그림자를 지우고 붉은 목련은 곧 시들어 잎을 떨구며 잔 속을 돌던 얼음은 금방 녹아버릴 것이다. 부질없이 사라져 버릴 것들의 현재를 사랑하는 사람. 그 순간을 발견하고 기억하는 사람. 속 좁고 미움 많은 내가 닮고 싶은 사람의 모습이다.

오늘 본 것 중에 가장 아름다운 것은 무엇인가요?

하루라는 예술, 브이로그

공포 영화만큼이나 보는 사람과 보지 않는 사람이 뚜렷이 나뉘는 콘텐츠가 있다면 바로 브이로그가 아닐까? 물론 나는 보는 쪽에 속한다. 볼 뿐 아니라 꽤 즐기기까지 하는데, 사실 반려동물과 산책하고 커피를 내리고 일기를 쓰는 영상 속의 하루가 나와 크게 다를 것은 없어 보인다. 그러니까 그걸 대체 왜 보냐고? 그냥 본다는 대답이 가장 알맞겠지만 굳이 이유를 찾아보자면 브이로그가 무언가를 잊지 않게 해주기 때문일지도 모르겠다.

내가 좋아하는 브이로그는 우리 삶의 '나머지 순간'을 보여준다. 모임에 참석해 웃고 떠드는 모습보다 외출하기 위해 무거운 몸을 일으켜 씻고 단장하는 과정이, 밥 먹는 순간보다 장 봐온 것을 정리하고 채소를 다듬는 모습을 더 오래 비춘다. 성취나 완성의 순간보다 불확실함 속에 이어가는 과정의 지루함을 주목한다. 브이로그에선 기쁨과 슬픔도 그저 흐릿하다. 구겨진 이불속에서 만화책을 읽는 순간이 가장 평화로운 한때로 조명되고 출근길을 나서는 고단한 어깨에는 위로와 공감이 실린다. 자신의 시간을 속속들이 사랑해야 발견할 수 있는 순간들이다. 브이로그는 우리가 살면서 마주치는 기쁨과 슬픔이란 사실 이런 것들 아니냐고 묻는다.

이 별것 없는 순간들을 보면서 기분이 좋아지는 이유는 아마도 소리 덕분일 것이다. 음악처럼 적극적으로 찾아 듣는 소리가 아니라 늘 우리 곁을 감싸고 있는 소리, 시간과 함께 조용히 흐르는 소리 말이다. 커피 가루에 '졸졸졸' 뜨거운 물을 흘려보내는 순간, 늦은 오후 잦아드는 햇살이 블라인드 틈으로 새어들고 그 아래서 '타닥타닥' 무심히 두드리는 키보드 소리와 '돌돌돌' 선풍기 소리가 부딪히는 순간, '탁' 가스레인지를 켜고 불꽃이 일기까지 그 짧은 기다림도 소리와 함께 부각된다. 브이로그 속 소리는 생활 소음이 아니라 우리가 의식하지 못하는 지금의 고요한 기쁨을 선명히 드러내주는 강력한 장치다.

영국 작가 조지 기싱은 예술과 삶의 관계에 대해 "예술이란 삶의 묘미를 만족스럽게 그리고 지속적으로 표현한 것."이라고 말했다. 그의 말대로라면 일상을 예술로 바꿔놓는 힘은 관찰과 발견, 그리고 그것을 꾸준히 표현해내는 정성이다. 브이로그 속엔 세상이 주목하지 않는 사소한 순간을 발견하고 표현하는 정성스러운 태도가 담겨있으니 이것을 예술이 아니면 무엇이라 말할까.

장엄한 자연이나 걸작의 반열에 오른 작품을 찾아 떠난 여행에서만 예술적 영감을 받는 건 아니다. 아무도 앉지 않은 겨울 벤치에 드리운 쓸쓸함을 보고, '사각사각' 연필과 노트가 만나 만들어내는 소리에 귀 기울이고, 창틀 사이를 하늘거리는 시폰 커튼의 아름다운 춤을 포착해 기쁨을 느낄 수 있다면, 그것이 생활의 재료로 나만의 예술을 빚는 원천이 된다. 예술이라는 말이 너무 거창하다면 그저 생활에서 발견하는 작은 예쁨이나 기쁨이라고 표현해도 좋겠다.

나는 오늘밤도 바스락대는 이부자리에 누워 누군가의 하루를 구경한다. 아무것도 아닌 날들 사이에서 건져올린 깨알 같은 즐거움에 끼어든다. 기념하기 위한 이름을 가지지 못하는 수많은 날들. 이런 날들로 이뤄진 것이 바로 삶이라는 사실을

받아들이는 사람끼리 공유하는 은밀한 즐거움이 바로 브이로
그 아닐까.

당신이 좋아하는 일상의 소리는 무엇인가요?

세상에서 가장 작은 글쓰기

"너도 사람들이 부러워할 만한 걸 좀 써보지 그래."

한 글쓰기 플랫폼에 글을 올리기 시작했을 때, 엄마가 내 글을 몇 편 읽은 뒤 말씀하셨다.

"응… 으응?"

"너무 쓸거리가 없는 게 아닌가 싶어서……."

엄마다운 생각이다. 엄마는 당신 눈에 보잘것없는 것에 대해서만 쓰는 딸의 글이 안타까웠던 것 같다. 그리고 보니 내 글의 소재는 특별할 것도 없는데다 스케일이 정말 작다. 빈방의 작은 창으로 들어오는 빛에 대해 쓰고, 반 뼘도 안 될 찻잔 속 찻잎에 대해 쓴다. 여행기에서조차 그 동네 골목이나 마트에 대해서나 쓰니 이보다 작은 글쓰기가 또 있을까. 그런데 내가 처음부터 이런 것에 관심을 두었던 건 아니다.

10년 넘게 나는 국내외 경제와 산업, 주식을 다루는 방송 대본을 써왔다. 그런데 대본 쓰기는 작가의 가장 마지막 업무일 뿐이고, 사실 방송 작가 업무의 상당 부분이 구성과 섭외다. 특히 실시간 정보 전달이 중요한 생방송을 만드는 작가에겐 글쓰기 외에도 요구되는 능력이 많다. 이슈의 본질을 꿰뚫고 아이템을 고르는 눈과 인고의 섭외, 전체 틀을 세우고 아이템을 효율적으로 배치하는 기술, 방송 흐름이 끊기지 않도록 대처하는 순발력 같은 것들. 한마디로 큰 그림을 볼 줄 아는 작가가 좋은 작가다. 그런 면에서 나는 괜찮은 구성 작가였고 많은 사람들의 관심사이자 세상을 움직이는 커다란 이슈를 다루었지만 대본을 쓰면 쓸수록 이상하게도 '글을 쓰고 싶다'는 마음이 커졌다.

갈증을 풀기 위해 글쓰기 플랫폼에 글을 올리기로 마음먹고도 첫 글을 올리기까진 꽤 오랜 시간이 걸렸다. 내 눈에 들어온 기존 작가들의 글 소재가 대단했기 때문이다. 한국인의 로망이라는 북유럽에 거주하며 라이프스타일을 전해주는 작가, 아마존이나 구글 같은 글로벌 기업 담당자가 알려주는 최신 경제경영 트렌드를 쓰는 사람들이 넘쳐났다. 조금 주눅이 들기도 했지만 곧 많은 사람들이 주목하는 소재로 글을 쓸 때 느낀 갈증을 떠올렸다. 아마도 내가 글로 다가가고 싶은 마음은 작고 평범한 것을 사랑하는 마음이었을 것이다.

방송 글을 쓰면서 배운 것도 생각났다. 경제의 맥을 놓치지 않기 위해 나는 매일 쏟아지는 국내외 경제 지표를 세심하게 체크하고 주요국 중앙은행 총재의 한마디까지도 예의 주시해 대본에 반영했다. 큰 변화도 언제나 작은 이상이나 균열에서 시작된다는 걸 나는 오랫동안 배웠다. 돌아보니 큰 그림을 보기 위해 필요한 건 디테일을 살필 줄 아는 능력이었다.

내 곁의 조그마한 것들부터 살피기로 했다. 일상의 한 조각씩만 푹 떠내어 파내려가 보기로. 내 방, 내가 걷는 길, 내가 먹는 것과 먹지 않는 것……. 그러나 이렇게 사적이고 사소한 이야기를 글로 공유하기 위해서는 끈질기게 붙들고 새롭다는 듯 들여다보아야 했다. 살펴보니 내 일상의 조각 중 의미 없는 것은 거의 없었다. 좋든 나쁘든 나름의 의미를 품고 있었고 모두가 내 삶의 흐름을 만들어내는 재료이자 앞날의 방향을 예고하는 시그널이었다.

글을 올리면서 특별할 것 없이 소소한 이야기에 관심을 가져주는 독자들이 있다는 것도 알게 됐다. 낯선 세계의 새로운 이야기나 세상을 움직이는 커다란 이슈를 찾는 독자가 있는 것처럼 익숙하고 작은 풍경을 주의 깊게 살피고서 쓴 글을 찾는 독자도 있었다.

요즘은 서점에서도 그저 작고 평범한 이야기를 담은 책을 쉽게 발견한다. 예전엔 문학성과 훌륭한 문장력으로 무장한 전문 작가, 혹은 사람들의 관심을 받는 유명인이 주로 에세이를 썼다면 요즘은 작가가 아닌 사람들도 다양한 플랫폼에 글을 쓰고 그것이 출판으로 이어지기도 한다. 반려 동물이나 식물에 대해 쓰고, 사랑하는 취미에 대해서도 쓴다. 세입자로 여러 번 이사 다닌 경험이나 자신의 우울증에 대하여 풀어낸 책도 인상 깊게 읽었다. 당장 삶에 이익이 되는 팁이 없어도, 인생의 숙제를 풀어줄 지혜의 문장이 아니어도 괜찮다. 자신의 경험을 자기만의 언어로 해석해 의미를 발견하고 독자와 나눌 수 있으면 된다. 많은 사람에게 보편적으로 필요한 이야기가 있다면 작은 이야기만이 움직일 수 있는 마음도 있다.

때로 힘들고 슬프지만 틈틈이 찾아오는 작은 즐거움을 붙들고 그럭저럭 살아가는 사람들의 다양한 목소리가 존중되는 요즘이 나는 반갑다. 저마다의 자리에서 내다본 고유한 시선이 인정받는 것 같아서 좋다. 누구나 표현할 수 있고 그것에 귀 기울이는 사람이 많아진다는 건 세상이 조금 더 다채로워진다는 의미일 테니까.

서가의 에세이 코너뿐 아니라 평범한 이웃이 남긴 SNS 속의 글도 내겐 위안이 된다. 그들이 하루하루 쌓아 올린 조그마한 기록들, 어떤 날의 즐거움과 어떤 날의 좌절을 공유하며 나도 그 틈에 한 자릴 차지하고 살아갈 힘을 얻는다. 누군가에겐 글쓰기가 자신과 만나 생각을 다듬는 시간이고 또 누군가에겐 내 삶의 방식을 지켜내는 시간이기도 하다. 내게 글쓰기는 흩어져버리기 쉬운 일상의 조각을 그러모으는 시간이다. 가만가만 시간의 결을 다듬어보는 시간이다.

당신에 대한 사소한 이야기를 쓴다면
무엇을 쓰고 싶은가요?

더 좋은 하루를 찾아, 여행

아무 일 없이 심장이 두근두근 뛰기 시작했다. '병원에 가 봐야 하는 걸까? 만약 병이라면 심장 쪽이니 작은 병은 아닐텐데…….' 아침저녁으로 데일리 생방송 두 개에 낮엔 한 주에 세 번 강의까지 할 때였다. 수입은 많았지만 쌓이는 스트레스를 풀 틈 없이 매일 아침이면 새로운 과제가 떨어지니 몸과 마음에 과부하가 왔고 과열 경고는 스트레스를 핑계로 날마다 가지던 술자리 속에서 반복적으로 묵살되었다. 그러다 결국 '펑'. 한참 나이 많고 욕심도 많던 출연자와 고성이 오가는 시비가 일어났다. 생방송 중에 일어나는 일상적인 갈등을 나는 그날따라 부풀려 터뜨렸다.

그날, 내 무의식이 나서서 브레이크를 걸어준 건 아니었을까. 멈추어서 스스로를 좀 돌아보라고. 그때의 나는 사람들에게 능력을 보여주어야 한다는 부담감에 내가 가진 것 이상으로 무리하고 있었다. 스스로를 보살펴야 할 의무를 철저히 방기했다. 일을 줄이자고, 혹은 너무 잘 하려고 하지 말자고 다짐하기도 했지만 다시는 기회가 주어지지 않을지 모른다는 불안감이 매번 발목을 잡았다. 멈추어 돌아보니 허덕이는 내가 보였다. 그 길로 일을 최소한만 남기고 정리했다. 내뱉지 못한 울음 같은 게 호흡과 섞여 나오기 시작한 것도 그 무렵이었다.

병원에 가기 전에 여행부터 떠나기로 했다. 혹시 큰 병이라면 더더욱 이대로 병원으로 끌려들어갈 수는 없는 노릇 아닌가. 곧 짐을 챙겨 발리 우붓으로 떠났다. 우붓을 선택한 건 유기농 클린 푸드와 요가가 유명하다고 들었기 때문. 몸과 마음을 회복하는 데 최적의 환경으로 보였다. 그곳에 가면 몸도 마음도 온전해질 수 있지 않을까.

아침에 일찍 일어나 테라스 문을 열고 날씨를 체크한 뒤 새소리를 듣거나 흔들리는 꽃을 보며 차를 마셨다. 담벼락에 홀로 핀 붉은 꽃 앞에서 여린 듯하면서도 강한 옛 친구의 얼굴이 떠올랐다. '다시 원래의 나로 돌아오고 있구나.' 멍한 정신이 깨어나면 붐비기 전 수영장으로 가 가벼운 수영을 했다. 스트레 칭하듯 물속에서 몸을 쫙쫙 당기며 체조 같은 수영을 한 후엔 하루치 기쁨을 다 맛본 것처럼 만족스러웠는데도, 여전히 긴 하루가 남아있었다. 운동 후엔 식당으로 가 아보카도가 들어간 샐러드와 요거트로 아침 식사를 했다.

오후엔 현지 요가원에서 일일권을 끊어 요가를 하고 아기자 기한 동네 소품 가게를 구경한 뒤 돌아와 책을 읽고 글을 썼다. 해가 질 때쯤 맛집을 찾아 식사하고 돌아오면 졸음이 쏟아졌 다. 아무런 판단과 사고를 요구하지 않는 외국어가 웽웽 대는 TV 채널을 이리저리 돌리다가 잠들면 다시 아침. 그리고 어제 와 같은 하루를 살았다. 돌아갈 날이 다가오는 걸 새면서 하루 하루를 탐닉했다. 상자 안에 든 초콜릿을 한 개씩 아껴먹는 기 분으로. 돌아보니 심장도 더 이상 쿵쾅대지 않았다. 내 심장엔 문제가 없었다.

건강과 환경의 관계를 절감한 8일은 꿈같이 흘러갔고, 서울 에 돌아오자 세상이 휘두르는 대로 휘둘리는 번잡한 생활이 다 시 시작됐다. 이해관계가 엇갈리는 동료들과 소모적인 기싸움, 묵은 짐으로 가득 찬 방과 누구 취향인지 알 수 없는 꽃무늬 이 불속에서 여행을 통해 새롭게 세팅된 몸과 마음이 예전으로 돌 아가는 건 시간문제였다. 내 일상은 여전히 방치되어 있었다.

우붓에서의 단순하고 조화로운 나날은 역시 그곳이 우붓이라 가능했던 걸까?

그렇다고 예전으로 돌아가 심장을 부여잡으며, 다음 여행 날짜만 손꼽아 기다리며 살 수는 없지 않은가. 누가 봐도 우붓에서 대단한 걸 경험한 건 아니었다. 요가원에서 정신적 그루라도 만나 인생에 해답을 얻은 것도 아니요, 유기농 요리로 미각의 신세계를 체험한 것도 아니다. 그저 습관에서 벗어나 나 자신에게 집중하며 매 순간을 적극적으로 즐겼을 뿐이다. 지금 이곳의 하루를 우붓에서 보낸 하루처럼 의식하고 가꾸기로 했다.

우선 보이는 것부터 바꾸어나갔다. 내 방, 그중에서도 가장 부피가 크고 오랜 시간을 머무는 침대부터 정리했다. 십 년도 더 돼 삐걱대는 매트리스와 낡은 프레임을 치우니 머리카락 뭉치와 몇 구의 곤충 사체가 나왔다. 싹 걷어낸 뒤 청소가 쉬운 토퍼 매트리스를 깔고 인터넷에서 질 좋고 단정한 디자인의 침구를 구입했다. 이불만 바꾸어도 방의 분위기와 생활의 감각이 달라졌다. 미니멀리즘에 눈뜬 것도 그때부터였다. 늘 호텔이나 리조트에서 안정감을 느꼈는데 그런 느낌의 관건은 인테리어나 비싼 가구가 아니라 본질만 남기는 전략적 비우기였다. 그때부터 시작된 나의 비움 생활은 지금껏 이어지고 있다.

공간을 정돈하니 보이지 않는 것도 살피게 됐다. 우붓에서

처럼 나만의 리듬으로 하루를 가꾸어보기로 했다. 아침에 눈뜨면 그날의 컨디션에 따라 차를 한 잔 골라 마신다. 잠이 안 깰 땐 쨍한 아쌈 홍차, 기분이 울적한 날엔 얼그레이와 우유에 꿀을 듬뿍 넣은 밀크티, 몸이 가벼운 날엔 향긋한 백호은침, 술 마신 다음날엔 보이차… 매일 다른 차를 마신다는 건 매일 나를 관찰하는 일이기도 했다. 차를 마신 후엔 우붓에서 매일 가던 수영장 대신 동네 숲에 나가 걸었다. 숲의 새소리는 우붓이나 여기나였다.

그러나 고비는 빨리 찾아왔다. 매일 반복되는 고단한 밥벌이 속에서 심신의 평화를 지키기란 어려운 일이었다. 일터에서 만나는 블랙홀은 여행지에서 만나는 바가지 정도의 불운과는 비교도 되지 않는다. 하고 싶지 않지만 해야 할 일이 서서히 쌓이고 인간관계는 다시 엉켜갔다. 일과 일 사이 허겁지겁 때우는 식사 때 아보카도 샐러드 같은 걸 찾아 먹기는 힘들었다. 역시 문제는 밥벌이였단 말인가! 그렇다고 일을 안 할 수도 없거니와 일하지 않음으로써 얻어지는 조건부 행복은 내가 원하는 것이 아니다.

내가 바라는 하루는 여전히 '일'이라는 걸림돌에서 자유롭지 못하지만 내가 믿는 건 의지와 시간의 상관관계다. 어떤 변수가 출몰해도 나와 내 하루를 지키겠다는 의지를 포기하지 않으면 시간은 더디게나마 내가 원하는 방향으로 흐를 거라는 믿음. 여전히 일터에선 내 뜻과 상관없는 일들이 벌어지고 때때로 자괴감을 '피로 곰'처럼 어깨에 매달고 퇴근하지만 그럼에도 불구하고 일상을 돌보고 가꾸고자 노력하는 일은 의미있다. 어쩔 수 없이 번잡해져 가는 하루를 정돈하고 그 틈바구니를 고집스럽게 파고들어 내 취향을 반영해 작은 즐거움을 확보하기. 이것이 우붓에서 돌아온 뒤 내가 얻은 일상의 기술이다.

마치 휴가 온 듯한 기분을 주는
일상의 즐거움은 무엇인가요?

여행자의 시간으로 살기

우붓에 다녀온 뒤 나는 여행에 대해 새로운 생각을 갖게 됐는데
어떤 여행은 여행이 끝난 뒤 더 가치를 발휘한다는 사실이다.
아무리 돌보아도 일상이란 점차 낡기 마련이라 여행은 흐트러
진 일상에 확실한 터닝 포인트가 되어준다. 여행지의 새로운
콘텐츠를 경험하는 것뿐 아니라 하루를 살뜰히 살아보거나 평
범한 일과를 새로운 환경에 담아 낯설게 느껴보는 것도 내가 여
행하는 이유 중 하나다. 이 과정에서 관광지에서와는 조금 다
른 여행의 즐거움을 발견하기도 한다.

지난 가을, 파리에 다녀왔다. 마음을 졸이며 최대한 확보한

휴가 기간은 10박 11일. 이번 여행에서 나는 그저 하루하루를 잘 살아보기로 했다. 목표랄 게 있다면 같은 길을 여러 번 걸어보는 것. 그렇다고 볼 것 많은 파리에서 여기저기 돌아다니지 않을 수는 없는 터라 동선이 불리하더라도 되도록 한 지역의 숙소에 머물며 관광지를 둘러보기로 했다. 파리 중심부라는 루브르 근처에 비해 한적한 서쪽 15구와 16구에만 머문 덕에 오다가다 눈에 익은 골목을 많이 만들었고 마트 직원과 안면을 트는 데 성공했다. 이런 여행이 좋은 이유는 낯선 곳으로 일탈한 여행자의 흥분과 하루를 나답게 꾸려가는 성실한 생활인의 기분을 두루 느껴볼 수 있기 때문이다.

여행지에만 가면 나는 아침형 인간이 된다. 이건 아마 많은 사람들에게 해당되는 말일 텐데 내가 일찍 일어나는 이유는 많이 돌아다니기 위해서만은 아니다. 그저 아침형 인간으로 살아보고 싶어서다. 평소엔 어렵지만 비싼 값을 치르고 시간을 사는 여행지에서만큼은 나도 슬그머니 다른 인간이 되어볼 수 있다. 일어나는 시간이 바뀜으로써 순차적으로 하루 전체의 리듬이 바뀐다.

파리에서는 시차 덕에 아침형을 넘어 새벽형 인간으로 변신할 수 있었다. 새벽 다섯 시에 일어나 커튼을 열고 컴컴한 하늘을 확인한 뒤 음악을 튼다. 전날 마시고 남겨둔 우유로 만든 모닝 라테를 마시며 해가 뜨기를 기다리노라면 왠지 조금 벅차오른다. 동해에서 일출을 기다리는 마음이 혹시 이런 것일까? 11월의 파리는 아침 일곱 시 반에 해가 떴다.

해가 뜨면 아침 식사 거리를 사기 위해 마트와 빵집으로 간다. 파리 마트는 식재료가 서울보다 싸고 상태도 좋다. 특히 버터며 치즈, 고기와 채소는 우리나라보다 훨씬 싸고 맛도 좋다. 마트 탐방을 끝내고 거리로 나오니 아침부터 한 빵집 앞에 사람들의 줄이 길었다. 나도 슬그머니 끼어들어 바게트와 크루아상, 에끌레어를 하나씩 고른다. 갓 구운 빵에선 달콤한 젖 냄새가 났다. 아직 따끈한 빵을 한 입 베어 물 때, '나는 누구 이곳은 어디'가 절로 외쳐지는 순간이다. 장 봐온 것들로 아침 식사를 차려 먹고 여덟 시 반쯤 숙소를 나선다.

멋쟁이 파리지앵의 출근 풍경에 섞여 성당이며 미술관, 오래된 거리를 돌아다니다 보면 오후 두세 시만 돼도 이만 보를 훌쩍 넘겨 걷게 된다. 오후 다섯 시쯤, 저녁 식사 거리를 사서 일찌감치 숙소로 돌아온다. 뜨거운 물로 불타는 발바닥과 노곤한 몸을 씻어준 후 맥주와 고기, 빵과 과일까지 곁들인 느긋한 식사를 마치면 여덟 시. 밖은 이미 어둡고 나는 서울에선 자주 빼먹는 긴 일기를 쓴다. 악담과 한탄이 종종 담기는 평소의 일기와 달리 여행지에서는 감사의 말들이 빼곡히 적힌다. 삼만 보까지 끄떡없는 튼튼한 종아리가 고맙고 소매치기를 당하지 않았으니 축복이다. 그리고 일찌감치 눕는다. '아! 오늘도 소매치기 몇 팀을 잘 물리쳤고 마트 셀프 계산을 무사히 해냈다!' 약간 부끄러운 성취감 속에 스르르 잠이 든다.

산책이나 티타임처럼, 나를 지켜주는 하루의 의식을 나는 여행지에서도 빼먹지 않는다. 시들었던 일과의 가치를 새롭게 발견하기 때문이다. 당장 루브르며 에펠탑으로 달려가고 싶은 마음을 누르고 매일 아침 천천히 걸어 동네를 산책하면서 나는 생활과 예술이 얼마나 가까울 수 있는지 보았다. 내 여행 사진첩에는 파리의 흔한 문과 창틀, 오래된 건물 내부의 몰딩 사진이 가득하다. 파리에선 예술이 미술관에 갇혀있지 않고 평범한 삶 속으로 들어와 있었다. 예술이 생활이 되어 살아있는 현재의 예술을 끊임없이 만들어내는 곳, 여기가 바로 파리였다. 역시 산책은 어디에서든 기대하지 못한 것을 보여준다.

에펠탑과 루브르뿐 아니라 숲과 크고 작은 공원의 도시이기도 한 파리엔 늘 조깅복을 입은 사람이 출몰했다. 동서로 나뉘어 자리한 거대한 두 개의 숲 외에도 거리 곳곳에 쉬어갈 공원과 벤치가 가득했고 늘 누군가 뛰고 있었다. 주말 오전, 조깅복을 입고 헉헉 숨을 몰아쉬며 달리는 파리지앵 사이에서 홀로 코트 자락을 펄럭이며 걷는 동안 나는 학생 같은 다짐을 했다. 서울로 돌아가면 조깅복을 입고 공원을 달리겠다고.

지역마다 물이 다른 덕에 여행지에서는 차 맛도 확연히 다르다. 유럽의 악명 높은 석회질 물로 끓여 먹는 차 맛이 궁금해 나는 파리의 대표 티 브랜드에서 다양한 홍차를 서울보다 훨씬 싸게 사서 자주 마셨다. 집에선 별 생각 없이 매일 마시는 차지만 파리에서는 다양한 티푸드와 다른 물맛 덕에 티타임도 설레는 하루 일과가 된다.

우리가 여행지에서의 경험을 특별하게 기억하는 이유가 새로운 환경 때문만은 아닐 것이다. 여행자는 체크인 순간부터 체크아웃을 의식하며 산다. 일상을 살면서는 느끼기 어려운 시간의 유한함과 완결을 경험한다. 하나의 작은 삶을 시작하고 끝내보는 연습을 통해 우리가 배우는 건 무엇에 우리의 시간을 내어줄지 결정하는 능력 아닐까.

서울로 돌아오자 파리에서의 새벽형 루틴은 얼마 못 가 깨졌다. 하지만 시간을 성실하게 느끼고 누렸던 그 충만감과 조깅을 시작하겠다는 다짐, 혀끝에 온 신경을 집중해 미세한 물맛의 차이를 더듬던 티타임의 깊은 즐거움까지는 잊지 않을 것이다.

여행을 통해 우리의 몸과 마음은 한 차례 낯선 감각을 통과

한다. 이 경험만으로도 여행의 목적은 충분하지만 여행이 좋은 진짜 이유는 여행 이후의 나날들에 있다. 낯선 감각을 통과한 몸과 마음이 원래 자리로 돌아와 새롭게 살아볼 기회를 얻기 때문이다. 여행을 마치고 돌아올 곳이 있는 한, 우리는 매번 기회를 얻는다. 우리가 떠나고 돌아오기를 반복하는 이유는 어쩌면 이 무수한 보통의 하루를 위해서인지도 모르겠다.

여행지에서도 하고 싶은 일과는 무엇인가요?

활력을 찾아,
동네 목욕탕으로

부끄러운 얘기지만 나의 무기력 징후 중 하나는 씻지 않기다. 우울감과 무기력이 밀려오면 집에 콕 박혀 지내면서 종일 씻지 않을 때가 많다. 얼굴에 기름기가 돌면 클렌징 티슈로 슥~ 한 번 닦아주는 걸로 세수를 대신하기도 한다. 하루 종일 외출도 세수도 안 했다는 걸 아는 순간 무기력증이 덮치는구나 자각한다. 이때 무기력의 사슬을 가장 확실히 끊어주는 건 '나가서 씻기'다.

이런저런 이유로 공중목욕탕을 가지 않는다는 사람들도 많지만 나는 공중목욕탕을 무척 좋아한다. 특히 최신 시설을 갖춘 찜질방 딸린 사우나보다 오래된 동네 목욕탕이 좋다. 시설은 낡았지만 주인 내외의 살뜰한 손길이 느껴지는 작은 목욕탕이 묘한 편안함을 준다. 널찍한 욕탕에서 사람들에 섞여 몸을 담그고 구석구석 공들여 씻어주는 것만으로 시들었던 생활의 감각이 되살아난다. 평소엔 귀찮아서 하지 않던 각종 팩과 마사지도 목욕탕에서만큼은 열심히 한다. 미용 효과는 물론 나를 잘 보살피고 있다는 심리적 안정도 느낄 수 있어서다.

여행지에서도 나의 목욕탕 사랑은 이어진다. 말 그대로 '노는 물'이 달라질 뿐 어디에서든 나를 돌보고 기분 좋게 만드는 건 중요하다. 일상의 때를 벗고 새로워지고 싶을 때, 고단한 여행자의 몸과 마음을 달래고 싶을 때 그 동네 목욕탕만큼 완벽한 장소가 또 있을까.

여행지에서 처음 목욕탕에 갔던 건 터키 이스탄불에서였다. 열흘간의 나 홀로 터키 일주를 마치고 마지막 코스로 나는 목욕탕 체험을 선택했다. 터키의 공중목욕탕은 하맘이라고 불리는데 속옷을 입는다는 것과 커다란 공용 탕이 있는 한국 목욕탕과 달리 개별 세면대(항아리)와 사우나실이 중심이 된다는 점이 다르다. 가장 크게 다른 건 하맘에는 역사와 전통이 있다는 것. 이스탄불에도 신식 하맘과 전통 하맘이 있었는데 오래된 곳은 역사가 500년도 넘는다고 한다. 나는 오래된 하맘으로 다녀왔다. 그리고 한국에서도 받지 않던 세신 서비스를 받았다. 따뜻한 돌바닥에 눕자 터키인 세신사가 부드러운 거품을 만들어 몸을 문질러 주었다. 이렇게 약하게 문질러서야 때가 씻기겠는가 하는 의문이 들었다. 한국식 세신과 비교하면 만지작거리는 수준이었지만 터키 목욕탕에서의 낯선 목욕은 홀가분한 몸과 마음으로 귀국 비행기에 몸을 싣기 위한 최고의 선택이었다.

내 생애 가장 행복했던 순간을 이야기할 때 늘 오사카 동네 목욕탕의 추억을 꼽는다. 30대 초반, 후쿠오카처럼 온천으로 유명한 지역도 아닌 오사카 여행에서 나는 목욕탕을 찾았다. 관광객에게도 알려진 곳이었지만 내가 갔을 땐 모두 현지 주민, 특히 중년 이상의 할머니들이 대부분이었다. 한국의 목욕탕 풍경보다 훨씬 조심스러운 몸놀림과 조용한 분위기가 인상적이었다. 곳곳에 세계적인 온천을 보유한 일본의 목욕 문화야 말해 무엇할까. 화려하진 않지만 깨끗하게 관리된 목욕탕에서 보낸 한가로운 시간이 생생하다. 노천에서 대나무로 얼기설기 엮은 낮은 평상에 할머니들과 나란히 누워 졸졸졸 흐르는 물소리를 들었다. 라멘도 맥주도 다 좋지만 가장 좋은 건 목욕이었다.

제주도에선 오래 걸은 몸을 쉬어주기 위해 반드시 목욕탕을 찾는다. 내가 느낀 제주도 동네 목욕탕의 특징은 암묵적 규칙이 비교적 엄하게 작동하고 대개 터줏대감 무리가 상주하며 그분들은 주로 뜨거운 사우나실에 오래 모여 있다는 사실이다.

말로만 듣던 제주도 여인들의 인내심과 저력을 나는 목욕탕에서 목격했다.

또 드러내진 않지만 외지인에 대한 경계가 존재한다. 아무도 나를 신경 쓰는 것 같지 않았는데도 내가 머리를 푼 채 탕 안에 한쪽 발을 집어넣자 누군가 달려와 득달같이 제지했다. 즉시 수건으로 머리칼을 엉성하게 싸매고 나서야 나는 다시 보이지 않는 사람처럼 편안히 목욕을 즐길 수 있었다. 그후로 나는 제주도 여행을 떠날 때 반드시 샤워캡을 챙긴다.

목욕 후 맥주를 곁들여 먹는 밥맛을 어디에 비할까. 목욕을 끝낸 후엔 늘 갈증 나고 허기진다. 시장이 반찬이라 굳이 맛집을 찾을 필요도 기력도 없다. 그저 목욕탕 근처의 식당이면 된다. 터키에선 터키식 미트볼인 코프테와 맥주를, 오사카에선 소고기 카레에 맥주를 마셨고 제주도에선 흑돼지 돈가스에 맥주를 곁들였다.

훗날 일본 드라마 〈고독한 미식가〉의 원작자 쿠스미 마사유키가 쓴 《낮의 목욕탕과 술》이라는 책의 한국어판이 나왔다. 간단히 말해서 저자가 낮에 틈틈이 일본 구석구석에 숨은 목욕탕을 찾아다니며 목욕 후 맥주를 마시는 이야기인데 당연하게도 이 책은 내가 가장 좋아하는 에세이 중 하나가 되었다.

지금도 나는 가끔 동네 목욕탕으로 향한다. 찜질방도 딸려 있지 않은, 이 시대 얼마 남지 않은 동네 목욕탕. 엄밀히는 집에서 약 세 번째로 가까운, 꽤 거리가 있는 남의 동네 목욕탕이다. 20분 정도 걸어가 목욕탕 입구를 거쳐 사장님 내외가 돌아가며 지키는 카운터를 지나 익숙한 냄새가 풍기는 탈의실로 들어서는 순간, 단조롭던 일상에 작은 활기가 더해진다. 그 흔한 아이스 아메리카노 대신 아이스커피를 파는 곳, 커피보다 식혜가 더 맛있는 곳. 어쨌거나 목욕탕은 언제 어디서든 내 하루에 기쁨을 주는 소중한 장소임에 분명하다.

무기력을 끊는 당신만의 노하우가 있나요?

아무것도 하지 않기 위해,
산책

하루의 자잘한 기쁨 가운데 단 하나만 가질 수 있다면 난 무엇을 고를까. 답변하기 불가능한 질문이지만 어차피 가정이니 골라보자면 바로 산책이다. 걷는 것만큼 확실하게 기쁨을 주는 일도 드문 것 같다. 나는 뛰는 것엔 약하지만 걷기라면 누구보다 자신 있다. 리듬감 있게 타박타박 걸을 때의 나는 평소와 조금 다른 사람처럼 보인다고들 한다. 가만히 있을 땐 다소 냉소적이고 나른한 이미지의 내가 걸을 때만큼은 명랑하고 경쾌해 보인다고. 그렇다. 걸을 땐 나도 내가 온화해지고 밝아지는 느낌을 받는다.

　그래서 우울할 때, 무언가 풀리지 않을 때 가장 먼저 하는 일도 나가서 걷기다. 단순한 햇빛의 효력인지 아니면 걷기에 어떤 성스러운 힘이 숨어있기 때문인지는 모르겠지만 걷기는 명랑한 하루를 살기 위한 가장 쉽고 확실한 처방이다.

누구나 할 수 있지만 제대로 하기는 어려운 것이 산책 아닐까. 사람들은 의외로 아무것도 하지 않거나 무용한 일을 하면서도 마음껏 기뻐하기를 어려워한다. 한정된 자원과 시간 안에서 빠듯하게 살다보니 일주일에 고작 한두 번 쉬는 날에도 생산성 있는 활동을 하지 않으면 뭔가 잘못된 것 같고 이래선 안 된다는 죄책감마저 든다. 하다못해 식물에 물이라도 주거나 책상 정리라도 해야 마음이 놓인다. 산책보다는 다이어트에 도움 되는 빨리 걷기가 유용해 보이기도 한다. 하지만 이런 마음으로 걷는 것은 산책이 아니다. 산책에는 '아무것도 하지 않는' 기술이 필요하다. 따라서 내가 생각하는 산책의 핵심 요소는 목적 없는 느긋한 마음이다.

산책은 그냥 걷는 것이다. '어디까지 걷고 돌아오자'라는 목표 정도는 있을 수 있지만 이것마저 없는 편이 좋다. 그저 터벅터벅, '뭐가 좀 있나?' 싶은 감각으로 걷다가 문득 좋은 것을 보거나 영감을 떠올리기도 하고 혹은 '무아의 상태'에 빠져 잡념을 몰아낼 수도 있다. 그러나 이것들은 어디까지나 의도하지 않은 결과적 효과일 뿐이다. 효용의 압박에서 자유로워야 이런 산책이 가능해진다.

산책이 좋은 또 한 가지 이유는 사색을 동반한 혼자의 산책만큼이나 함께하는 산책도 좋기 때문이다. 나는 거의 모든 활동을 여럿이하기 보단 혼자서 하는 편이다. 쇼핑도 영화 관람도 여행도 둘 셋보단 혼자가 좋다. 특히 정말 좋아하는 영화나 가고 싶었던 여행지는 되도록 혼자 느끼고자 한다. 내 감정에 온전히 집중하고 싶어서다. 이런 나도 산책만큼은 누군가와 함께 하는 걸 즐긴다. 만나서 산책만 하는 친구도 있었다. 좋은 계절에 걷기 좋은 길을 두세 시간 걷고 근처 맛집을 찾아 밥만 먹고 해 지기 전에 헤어지는 사이. 누군가와 함께하면 더 멀리 갈 수 있다는 당연한 사실을 나는 산책 친구로부터 배웠다. 혼자 하는 산책이 잡념을 없애는 효과가 있다면 둘이 하는 산책은 정말 쓸데없는 얘기를 마음껏 떠들 수 있어서 좋다. 예쁜 풍경을 지나치면서 무겁고 진지한 얘기를 하는 건 경험상 정말 어렵다. 좋은 삶을 살기 위해 혹은 훌륭한 시민이 되기 위해 진지하게 대화해야 할 자리가 있다면 자잘한 수다를 실컷 떠드는 게 나은 자리도 있다.

산책 친구를 잃은 뒤 동네를 넘어선 긴 산책이 뜸해진 걸 보면 확실히 산책은 혼자만큼이나 둘이 하기 좋은 일인 것 같다.

혼자가 편하다고 믿던 나는 산책을 통해 적당한 거리의 동반자가 있는 삶도 꽤 괜찮겠다는 생각을 처음 해보았다.

　사람들이 그래서 대체 어디를 걷느냐고 물으면 나만 알고 싶은 길을 몇 군데 얘기하기도 하지만 사실 걷는 곳이 어디인지는 중요하지 않다. 내가 산책의 맛을 처음 느낀 건 자주 다니던 집근처 번화가에서였기 때문이다. 술자리 대신 모처럼 몸 돌보기를 택한 늦은 저녁, 술집과 노래방이 몰려있는 거리의 헬스장에서 운동을 끝내고 걸어 돌아오던 길이었다. 달이 환했고 라일락이나 아카시아였을 꽃향기가 진했다. 자주 지나치던, 일상의 지겨움이 담긴 거리가 그날따라 사랑스럽게 느껴졌다. 투닥거리며 걷는 학생들과 치킨집 앞에 놓인 오토바이조차 그 밤의 완벽한 풍경의 일부로 보였으니. 단지 운동으로 개운해진 몸과 신비롭도록 진동하던 꽃향기 덕분이었을까? 그날의 밤 산책을 시작으로 나는 종종 나가서 걸었고 익숙한 풍경이 매일 조금씩 새롭게 다가온다는 걸 배웠다.

　산책은 길을 찾아 나선다기보다 의도적으로 길을 잃고 헤매는 것에 가깝다. 나는 왜 하루 한 번 길을 잃기 위해 집을 나설까. 이 헤맴 속에서 때로 새롭게 보는 것이 있기 때문이다. 내 작은 계획과 의도로는 도저히 볼 수 없고 찾을 수 없었던 것을 나는 헤매면서 발견하기도 한다. 티타임이 하루에 작은 여백을 만들어 주는 일이라면 산책은 익숙하게 흘러가는 시간 속에 잠시 낯설음을 만들어보는 일이다. 일상과의 연결과 분리가 모두 가능한 것, 그리하여 잠시 끊어진 하루를 새롭게 이어갈 기회를 주는 짧은 여행이 바로 산책이다.

산책 코스를 만든다면 어디를 걷고 싶은가요?

장르 소설 읽는 시간

책을 읽는 마음은 사람마다 다양하다. 교양을 쌓고 싶어서 읽는 사람도 있고 성공하고 싶어서 읽기도 한다. 혹은 삶에서 지독히 붙들어야 하는 주제가 있다는 뜻일 수도 있다. 내게 독서란 '지금 일상이 대체로 여유롭다'는 걸 의미한다. 그중에서도 장르 소설을 읽는 시간은 여유를 넘어 약간 호사스럽기까지 하다. 장르 소설이란 SF, 판타지, 무협, 추리, 로맨스 소설 같은 걸 말하는데 사전에 의하면 '해당 장르의 문법을 충실히 따르는 특징'이 있단다. 더 쉽게 말하자면 사회적 메시지나 문학적 성취에 집중하기보다 오직 독자의 흥미와 재미에 봉사하는 문학이다. 이렇게 술술 읽히는 책을 읽는 기분이 호사스럽다고 말하는 덴 이유가 있다.

나의 장르 소설 읽기는 중학교 때 본격적으로 시작됐다. 첫 경험은 버지니아 앤드루스의 〈다락방의 꽃들〉 시리즈로, 어린 남매 사이에서 피어난 금지된 사랑을 다룬 이야기였다. 남매에서 시작된 근친 간의 사랑은 시리즈를 거듭할수록 대를 이어가며 실로 어마어마한 스케일의 막장 로맨스로 이어진다. (출판사 소개로는 '모던 고딕 로맨스' 장르라고.) 웬만한 콘텐츠를 다 겪으며 어른이 된 지금 돌아봐도 혀를 내두를 자극적 소재였다.

늘 비슷한 남녀 캐릭터가 등장해 싸우다 정드는 내용의 할리퀸 로맨스도 있었다. 여주인공은 눈에 띄게 예쁘진 않지만 어쩐지 자꾸만 눈길이 가는 외모에 가난하고 당차다. 남주인공은 지금 말로 하면 전형적인 츤데레 스타일로 겉보기엔 불친절하거나 난폭하기까지 하지만 마음까지 그렇지는 않다. 외모는 하나같이 그을린 피부색의 근육남으로 대개 엄청난 부자다. 적대적인 관계로 시작하지만 어쨌거나 둘은 반드시 사랑에 빠진다.

고등학생이 되어서도 나는 장르물을 놓지 않았다. 대표작 《의뢰인》을 필두로 한 존 그리샴의 법정물과 《코마》, 《바이탈 사인》 등 로빈 쿡의 메디컬물이 당시의 대세였다. 중고등학생에게 장르 소설이란 대개 '몰래 읽는 책'이었다. 입시 준비에도 시간이 모자란데 소설책이나 읽는 것 자체가 환영받지 못할 일이었던 데다 개중엔 끈적거리거나 야하고 윤리 도덕이 불투명한 소설이 많았다. 하지만 우리들에겐 그런 책도 필요했다. 영화나 드라마에서 관습적으로 묘사되는 소녀의 모습은 수줍음 많고 까르르 잘도 웃는다. 한마디로 낭만적이고 순수하다. 하지만 그건 단편적이고 비현실적인 묘사다. 세상에 대한 탐구심과 성적 호기심은 넘치는데 풀 길 없는, 그 혼돈기의 불완전한 인간이, 그것도 학교라는 획일화된 집단에서 그렇게 순수하고 밝기만 할 리 없다. 우리들은 오히려 어딘가 어둡고 제각각 복잡했다. 수많은 사람들에게 읽혔지만 해적판으로 떠돌며 당당하게 이름 한 번 불리지 못했던 그 책 〈다락방의 꽃〉 시리즈를 몇 년 전 완역본으로 재출간한 출판사에서 이 책을 두고 '소녀들의 영원한 고전'이라고 당당히 선언할 수 있는 이유다. 어른도 아이도 아닌 채, 모호하고 답답한 시기를 버티게 해 준건 《어린 왕자》나 《노인과 바다》가 아니었다. 우리는 우리에게 필요한 이야기를 용케도 찾아 읽었다.

성인이 되어서는 애거서 크리스티와 미야베 미유키의 추리 소설부터 시드니 셸던을 조상으로 삼는 미국의 다양한 범죄 스릴러와 스웨덴의 밀레니엄 시리즈까지, 최근엔 《불로의 인형》을 읽고 장용민 작가에게 빠져 그의 책을 모두 찾아 읽었다.

지금은 웹 소설 성장과 함께 시장이 커지면서 장르 소설에 대한 대접도 달라졌고, 누가 뭐라 할까 봐 몰래 읽을 필요도 없다. 당연히 몰래 읽는 재미 같은 건 사라졌다. 지금은 어떤 시간을 버티기 위해, 혹은 내가 모르는 세계를 엿보는 재미로 장르 소설을 읽지는 않는다. 그런데도 나는 여전히 명절이나 연휴엔 꼭 도서관에 들러 장르 소설을 몇 권 빌린다. 휴가지에선 전자책으로 스릴러 소설을 결재한다.

활자에 기대하는 것이 더 좋은 점수나 합격, 성장이나 변화가 아닌 오직 '즐거움' 밖에 없다는 사실이 나를 흥분시킨다. 책장이 오른쪽에서 왼쪽으로 넘어가는 오직 그 순간에만 집중하는 시간의 위로. 모두가 어떤 방향으로든 자신을 변화시켜야 한다고 말하는 시대, 책들마저 상냥하거나 위협적인 저마다의 표정으로 독자에게 어서 나를 읽고 달라지라고 자극하는 시대, 어떤 목적도 없이 무언가에 빠져드는 그 시간의 기쁨을 아는 사람은 행복하다.

프랑스 작가 샤를 단치는 독서의 효용에 대해 다소 발칙하게 쓴 그의 책 《왜 책을 읽는가》에서 '독서는 그 어느 것에도 봉사하지 않는다' '독서는 우리를 거의 변화시키지 못한다'라고 썼다. 한 인터뷰에서는 위안을 주는 책이 많이 팔리는 한국 상황에 대해 '독서는 약국이 아니다'라고 꼬집기도 했다. 나는 샤를 단치가 엄청나게 책을 사랑하는 사람이라는 걸 눈치챘다. 그가 사랑하는 독서란 얄팍한 목적을 위한 도구가 아닐 뿐이다. 몰래 장르 소설 좀 읽어본 사람이라면 누구나 눈치챌, 책을 향한 순수한 사랑에 대한 얘기다. 걸작과 씨름하는 지적인 즐거움만큼 '쉬는 독서'의 즐거움도 크다는 걸 그도 아는 걸까. 어떤 교양도 지식도 기대하지 않고 안온한 내 방에서 책장을 넘기는 그 다급한 손가락과 다음 장면을 향해 사방을 가로지르며 활자를 좇는 눈, 책 속의 기이한 세계에 나만이 유일한 객으로 존재하는 그 초현실적인 감각에 가끔은 나를 빠트리고 싶은 마음을.

'쉬기 위한 독서 시간'에 읽고 싶은 책이 있나요?

오늘도 오믈렛을 만듭니다

흔하고 쉬워 보이지만 공을 들여야 제대로 만들 수 있는 음식이 있다. 하긴 어떤 요리인들 안 그렇겠냐만 내겐 특히 오믈렛이 그렇다. 오믈렛은 주재료 달걀에 채소나 햄 같은 부재료의 단순한 조합으로 이루어진다. 달걀말이나 달걀범벅과 재료 면에 선 조금도 다를 바 없는 요리다. 효율성 측면에서만 본다면 계란을 푼 다음 넣고 싶은 재료를 잘게 썰어 섞은 후 기름 두른 팬에 그냥 뒤적뒤적 부쳐 먹는 것이 가장 좋다. 쉽고 빠르니까. 별다른 수고가 들어가지 않는다.

하지만 나는 달걀에 무언가를 첨가해 먹고 싶을 때 종종 오플렛을 만든다. 오믈렛에도 몇 가지 종류가 있는데 부재료 없이 순수하게 달걀로만 만들기도 하고 호텔 조식 뷔페처럼 부재료와 달걀을 한데 섞어서 반달 모양을 만들어내는 방법도 있다. 나는 달걀이 부재료를 감싼 형태의 다소 고난도에 속하는 오믈렛을 선호한다. 이 오믈렛을 만들려면 우선 달걀과 부재료 양이 균형을 잘 이뤄야한다. 부재료가 너무 많으면 터지고 적으면 볼품없어진다. 또 부재료를 따로 익혀야 하는 번거로움이 있다. 내용물을 미리 반쯤 익혀서 넣지 않으면 달걀 이불만 익고 속은 흐물흐물 덜 익은 오믈렛이 된다. 이제 가장 고난도 과정이 남았다. 오동통한 모양을 잡는 일이다. 훌륭한 모양을 위해선 팬과 불을 예민하게 다루어야 한다. 몽글몽글 반쯤 익은 상태의 넓은 달걀 카펫 반원에 속을 살포시 올린 후 반대쪽 반원을 덮어준다. 이때부터 약불로 줄인 뒤 팬을 70도 각도로 세우고 제일 두툼한 부분만 익히는 기술이 필요하다. 손목이 꺾이고 한쪽 어깨가 올라간다. 팬을 평평하게 두고 익히면 절대 오동통한 모양이 잡히지 않고 두툼한 속이 골고루 익지도 못한다.

몰입이 필요하다. 타거나 흐물거리지 않도록, 오직 촉촉한 속과 통통한 볼륨감만을 염원해야 한다. 다른 생각이 끼어들 틈이 없다. 이 순간만큼은 오직 손목의 스냅과 팬의 가장자리와 불의 세기만 중요하다. 그렇게 완성된 오믈렛을 한 입 베어 물면, 입안으로 그 포슬포슬한 달걀 이불과 촉촉한 속이 조화롭게 밀려든다. 그저 '맛있는 오믈렛을 먹었다.'라는 말로는 부족하다. 세상에서 가장 중요한 일인 양 오믈렛 만들기에 집중하는 동안 별것 없는 나의 일상에 잠시 호화로움이 깃든다.

1인 가구가 늘면서 효율을 위해 집에서 요리를 하지 않는 사람이 많다지만 오직 나만을 위해 공들인 요리 한 접시가 주는 재미와 위로는 생각보다 크다. 거창한 요리일 필요는 없다. 특별한 재료를 첨가해 나만의 레시피대로 끓인 라면 한 그릇, 혹은 좋아하는 재료로만 빵 사이를 채운 내 맘대로 샌드위치여도 좋다. 누구에게나 지친 몸과 마음을 다독이는 소울푸드가 있듯 나를 위하는 마음을 담은 레시피를 가진 삶은 풍요롭다.

요리 외에 내 일상에서 비밀스러운 즐거움을 주는 것이 있다면 이런 것들이다. 잘 빨고 말려 적당히 바삭해진 수건과 물방울 자국 없이 깨끗한 욕실의 수전, 색깔별로 잘 개어져 정렬된 속옷과 양말들. 하얀색 침구와 흰 운동화에서 생활의 묘미를 찾는 내 친구도 있다. 친구는 침구와 운동화를 깨끗이 빨고 유지하는 방법을 내게 대여섯 가지쯤 들려주기도 했다. 조금 의아한 마음으로 그렇게 바쁘면서 깨끗하게 유지하기 어려운 흰색을 고집하는 이유를 묻자 친구는 잠시 생각하더니 대답했다.

"사는 데 여유가 없으니까 괜히 더 포기하기 싫은, 눈물 젖은 사치랄까." 이 바쁜 세상에서 나만 아는 기쁨을 맛보기 위해 기꺼이 시간과 능력을 쏟는 것, 하루의 작은 사치는 내 삶의 방식을 지키겠다는 매일의 작은 각성과 실천인지도 모르겠다.

일 년에 쉰 개쯤 오믈렛을 만드는데 오늘 근래 최고의 오믈렛이 탄생했다. 어른 주먹만 한 양파 한 통을 다 쓰느라 달걀과 부재료 양의 균형 면에서 좋은 결과를 예상하지 못했지만 양파 숨이 많이 죽을 때까지 오래 볶아준 것이 주효했다. 오직 햇양파만 들어간 양파 오믈렛. 얼마나 달콤하고 촉촉한지⋯ 상상은 여러분의 몫.

공들여 만드는 당신만의 요리가 있나요?

뒷산의 힘

30대 중반 즈음의 몇 년은 내 일생에서 가장 암울한 시기였다. 어릴 때 상상한 30대의 나는 커리어도 연애도 자리 잡아 그동 안 이룬 성과를 누리면서 사는 모습이었다. 물론 크면서 목격 한 인생 선배들의 모습에서 내가 헛된 꿈을 꾸었다는 걸 깨닫기 는 했지만 막상 30대 초반을 지나니 초조해지기 시작했다. 일 도 연애도 잘 풀리지 않는 30대는 흔했고 세상은 내게 관심조 차 없었는데 나 혼자 세상을 의식하고 좌절했다. 사소한 실패 가 쌓이면서 나는 서서히 무너져갔다. '삶을 경영하라'는 문구 를 흉내 내보자면 일상이 파산 직전이었달까. 하루를 살아갈 최소한의 재원조차 잃은 것 같다는 느낌에 시달렸다. 걸어 다니긴 했지만 무언가를 해낼 의욕이 없었고 머리는 새로운 생각을 해내도록 돌아가지 않았다. 그럴수록 크게 숨을 고르고 엉킨 실타래를 한 올 한 올 풀어나가야 했지만 그건 내 어리석음과 한계를 가만히 앉아서 직시해야 하는 괴로운 작업이었다.

잘못됐다는 느낌에서 도망치고 싶었다. 기계적으로 일을 하러 나갔고, 돌아와서는 정돈되지 않은 방 안에 웅크려 자거나 먹거나 마시거나 했다. 내 꿈속의 삶이 어딘가에 있을 것만 같았고 생활은 즐거움이 아닌 굴레였다. 딱히 무엇이 잘못된 것인지 콕 집어 말할 수도 없는 그런 애매한 시간을 나는 좁은 방 안에다 참 많이도 흘려보냈다.

방 안의 나를 바깥으로 꺼내 준 구원의 음성은 뜻밖에도 매일 듣던 엄마의 목소리였다. "엄마 산에 갔다 올게." 수도 없이 들어온 말인데 엄마의 목소리가 그날따라 더 힘차게 느껴졌다. 엄마는 내가 초등학교에 다닐 때부터 우리 동네 야트막한 뒷산에 다녔다. 산에 가거나 산에 있거나 산에 다녀온 엄마의 목소리는 늘 명랑했다. '어쩌면 엄마의 한결같은 명랑함이 저 숲에서 나오는 건 아닐까?'

내가 사는 아파트에서 산으로 향하는 입구는 정말 여러 군데였다. 마음만 먹으면 나는 30년 전에 이 숲에 올 수 있었다. 처음 숲에 간 날, 날씨가 어땠는지 그런 건 생각나지 않는다. 그날은 봄이었을까 여름이었을까. 그저 침대에서 학대당하던 허리를 폈을 뿐인데 하늘이 보였고, 저마다 다른 모양의 나뭇잎이 레이스처럼 촘촘히 하늘색 바탕을 수놓고 있었다. 나는 하늘과 나무와 새를 처음 보듯 봤다. 흙과 나무 냄새, 신선한 공기에 둘러싸여 온갖 새들이 저마다 다른 소리를 내고 있었다. 좋은 것이 이렇게 가까이 있었다니.

집 앞 작은 숲이었지만 길치였던 나는 길을 잃을까 걱정하며 이리저리 두리번거리다 첫 숲 산책을 마쳤다. 기분이 나쁘지 않았다. 다음 날에도 오전에 숲에 가기로 마음먹고 그날은 복잡한 고민을 내려놓고 일찍 잤다. 그리고 다음 날 또 숲에 갔다. 전날 봐 둔 데크 길로 곧장 들어서 몇 분 올라가자 탁 트인 하늘이 펼쳐졌다. 이럴 수가 있을까 싶은 그림 같은 하늘이었다. 오르막이 있어 조금은 헉헉대며 두 번째 숲 산책을 마쳤다. 찌뿌둥한 몸은 여전히 무거웠지만 마음은 한결 가벼웠다. 당연히 내 신변에는 변화가 없었다. 망친 일도, 연애도 그대로였다.

그런데 이상도 하지, 숲에 있을 땐 다른 걸 잊게 됐다. 몸도 마음도 숲에만 있었다. 과거의 실패에 가 있거나 올지 오지 않을지 모를 막연한 미래에 가있지 않았다. 해가 나뭇가지에 걸려 빛을 이리저리 출렁이자 나는 멋진 햇빛의 춤을 담으려고 숨

죽여 카메라의 동영상 셔터를 눌렀다. 1초, 2초, 3초… 10초… 20초. 어떤 순간이 잡혔을까, 영상 속에는 반짝이는 햇빛과 함께 내 손의 떨림과 고른 숨소리도 담겨있었다. 최소한 20초, 아무런 생각 없이 여기에 머물렀구나. 세계에 오직 햇살과, 나무와 나만 있었던 최초의 20초였다.

숲에선 모든 게 조화롭게 존재한다. 더하거나 뺄 것 없이 완전한 세계. 그곳에 속한 순간만큼은 부족한 나도 완전함의 일부다. 상상하지 못한 방식의 위안이다. 내 마음이 존재하지 않는 덫에 빠져 허우적대는 동안 숲은 늘 내 곁에 있었다. 그날, 삶은 어딘가에 있는 무언가가 아니라 지금 이 순간 나를 둘러싼 모든 것이라고 숲이 속삭이는 듯했다.

집에서 가장 가까운 자연 공간은 어디인가요?

성실한 비관론자의 숲

숲 산책을 시작한 지 3년이 다 돼간다. 시간을 내 이 숲 저 숲 찾아다니는 한편 숲에 관한 책도 열심히 찾아 읽는데 얼마 전엔 마스다 미리의 만화《주말엔 숲으로》를 읽었다. 귀촌했지만 텃밭조차 가꾸지 않고 각 지역의 특산물을 택배로 주문해먹는 30대 싱글녀와 주말마다 그를 찾아와 함께 숲 산책을 다니는 두 명의 도시 친구 이야기다. 셋은 숲에서 보고 겪은 것을 통해 잔잔한 깨달음을 얻고 그것은 도시 생활에도 작은 변화를 불러온다. 이를테면 이런 식이다. 실수를 반복하는 회사 후배에게 짜증을 내려다 숲의 마른나무에 돋아난 새싹을 떠올리고 잔소리를 눌러 삼킨다거나, 누가 봐주지 않아도 꽃은 핀다는 걸 되뇌며 드러나지 않는 작은 선행을 한다. 원하는 새를 보려면 그 새가 좋아하는 먹이가 있는 곳으로 가야 한다는 걸 배운 후엔 그것을 남자 만나는 데에 적용하기도.

마스다 미리가 그려낸 숲 이야기는 이렇게 밝고 귀여운데, 내가 숲에 다니면서 느낀 건 좀 냉정하다고나 할까, 아무튼 마스다 미리의 독자라면 좋아하지 않을 법한 이야기다. 숲을 이룬 다양한 생물의 지혜와 자연의 법칙 속에서 배운 건 나 역시 세상살이의 이치였다. 생명이 내뿜는 찬란함과 애틋한 순간도 많이 목격했지만 숲에선 무엇보다 탄생과 소멸, 삶과 죽음이 가장 분명하게 보였다. 치열한 분투 속에 피어나는 생명과 때를 아는 죽음이 엄정하게 이어졌다. 인간에게 풍요를 제공하는 자애로움만큼 예외를 허용하지 않고 공평하게 무자비한 곳 또한 숲이었다. 변명이나 응석이 끼어들 틈 없이 가차 없는 세계. 숲 속의 모든 것이 자기만의 때에 맞춰 고유한 방식으로 존재하다 끝내 소멸했다. 사라지지 않는 것은 없었다.

그런 세계를 엿보며 힘을 얻는다는 나의 말에 내 친구가 대꾸했다. "그건 네가 비관론자라서 그래." 내가 비관론자라고? 선뜻 동의하지 못했지만 어쩌면 맞는 말일지도 모른다. 내가 모든 엔딩이 아름답고 행복할 거라 믿는 낙관론자는 확실히 아니니. 절정기를 지나 늙고 시들어 끝내 사라진다는 건 분명 슬픈 일이다. 그러나 모든 것에 끝이 있다는 단순한 진리만큼 지금을 가치 있게 해주는 것이 또 있을까.

이렇게 다른 시선 속에서도 내가 이 책에 공감한 이유는 주인공이 숲을 받아들이고 삶을 대하는 방식이 나와 닮아서다. 부족함이 있고 느리지만 그만두지는 않는다. 주인공은 숲에 푹 빠진 숲 전문가가 아니라 초보 숲 산책자다. 시골이지만 편의를 위해 기차역에서 가까운 곳에 살며 자급자족은커녕 전국의 먹거리를 택배로 받아먹고 도시의 유명 디저트에 열광한다. 시골에 살 뿐 의지와 신념을 가진 귀농인이라기보다 자연도 도시의 편리도 좋아하는 평범한 사람이다. 그의 친구들도 마찬가지. 직장에서 불합리한 일을 당하거나 자기를 무시하는 동료 때문에 크게 상처 받지만 다음 날이면 또다시 회사로 출근한다. 30대 중반에도 애인이 생기지 않는다며 조급해하기도 한다. 그리고 주말마다 숲에 온다.

누구에게나 삶은 어렵다. 나이가 더 들면 조금은 수월해지려나? 잘 모르겠다. 몇몇 분야에서야 능숙해질 수 있겠지만 공평하게 단 한 번씩만 주어지는 삶에 대해 누군들 자신 있게 베

테랑이 되었다고 말할 수 있을까. 그래서 나는 우리와 닮은 마스다 미리의 세계 속 평범한 사람들을 좋아한다. 자신을 있는 그대로 받아들이고 살아가는 뻔뻔함이 사랑스럽다. 그들은 말하자면 책 속의 너도밤나무 같다. 단단하지 못해 잘 휘는 통에 건축 자재로 쓸 수 없지만 바로 그 덕에 겨울에 강한 너도밤나무. 부드러운 가지엔 눈이 쌓여도 부러지지 않는다. 숲에선 누가 더 강한가, 무엇이 더 유능한가를 묻는 건 의미 없는 일이다. 저마다 타고난 방식으로 존재할 뿐이다.

자세히 반복해 들여다보는 동안 숲은 내게 자기만의 모습으로 사는 존재의 아름다움을 보여주었다. 높은 곳에서 화려하게 흩날리는 봄꽃과 땅에서 조그맣게 피는 들꽃은 다르지만 각기 다른 이유로 똑같이 아름다웠다. 현재에 집중하는 가벼운 삶에 영감을 준 것도 숲이었다. 마른나무에 한 생명이 눈물겹게 돋아 꽃을 피우다 잎을 떨구며 결국 땅으로 돌아가는 걸 보며 단 한 번뿐인 지금 이 순간의 소중함을 알았다. 본질만을 남기고 모든 걸 버림으로써 혹독한 시간을 버티는 겨울나무에서 궁극의 미니멀리즘을 보았다. SNS에 넘치는, 비슷비슷한 미니멀 인테리어에 싫증날 때쯤이었다.

내 친구의 말대로 내가 정말 비관론자라면 현재를 사랑하는 성실한 비관론자쯤이 되려나. 엔딩이야 어떻든, 내 알 바 아니라는 듯 이 순간 저마다의 모습으로 피우고, 떨구며 열심히 존재하는 것들로부터 야릇한 위로를 받기 위해 오늘도 나는 숲으로 간다.

빨리 말고 느릿느릿하게 알아가고 싶은 것이 있나요?

PART 3

단순하게 삽니다

하루라는 자기 계발

프리랜서에게 주어진 하루란 유리구슬 같다는 생각이 든다. 보기 좋지만 깨지기도 쉬워 다루기 만만치 않은. 많은 직장인들이 프리랜서에게서 자유를 먼저 떠올리지만 이 자유는 위태로움의 다른 면일 뿐이다. 자칫하면 원칙 없이 흐트러지기 쉽다. 아름다운 구속이든 지긋지긋한 굴레든 나를 강제하는 것이 없으니 그야말로 하기 나름, 살기 나름이다. 어쨌거나 남들 보기에 속 편한 한량인 나는 요즘 내 하루가 퍽 마음에 든다.

오전 스케줄이 없으면 아홉 시쯤 일어나 차를 골라 마신다. 아침에 차 마시며 멍 때리는 시간이 좋아 프리랜서로 사는지도 모르겠다는 생각이 들 정도로 이 시간을 사랑한다. 열 시가 지나면 간단한 브런치를 만들어 먹는데 국물이 당기는 날엔 떡국, 간혹 고기와 채소구이, 빵집에 다녀온 다음 날이라면 거친 빵에 달걀과 치즈를 올려 한 끼를 차리기도 한다. 가장 자주 해 먹는 건 파스타인데 내겐 이만큼 소중한 메뉴도 없다. 우선, 만들기 쉽고 어떤 재료든 대부분 사용 가능하며 다양한 방식으로 응용이 가능해 질리지도 않는다.

만들고 먹고 치우는 데 30분이면 족한 브런치를 끝내면 망설이는 마음이 자라기 전에 자외선 차단제부터 바르고 곧장 숲으로 간다. 얕지만 꽤 넓은 숲이라 요리조리 헤매다 하루 한 번 걷기 알맞은 40분 코스를 만들었다. 산책 후엔 천천히 샤워를 하는데 샤워 후엔 늘 조금 노곤해진다. 그 기분이 싫지 않아 깜빡 졸기도 하지만 대개 이제 그만 일하러 나갈 시간이다. 출근이 없는 날은 오후 내내 개인 작업을 한다. 방송 원고를 쓰거나 강의안 만들기가 주 업무. 이렇게 단순한 날들이 졸졸졸 흘러가는 것이 느껴질 때 나는 행복하다. 하지만 이런 내게도 화려한 꿈이 없어 의기소침해하던 시절이 있었다.

"꿈이 뭐예요?"

오래전 20대 초반, 대학 후배의 지인이라는 나보다 서너 살 많았을 남자의 질문이었다. 내 후배는 엄청나게 바쁘게 사는 사람이었다. 성취하고자 하는 꿈도 매우 크고 화려했으며, 전공, 외국어, 알바, 연애까지 모두 잘 해내고 싶어 하는 스타일이었다. 그의 지인도 비슷한 부류 같았다. 자신의 꿈과 그걸 이루기 위해 밟고 있는 과정들을 듣노라니 흡사 한 권의 자기 계발서가 사람이 되어 내게 말을 걸고 있는 것 같았다. 자신에 대한 브리핑이 끝나자 그는 내게도 흥미를 내비쳤다. 처음 보는 사람에게 얼마나 자세히 이야기해야 하는지 난감하기도 했고 타고난 집순이에 화려한 꿈 리스트도 없는 내가 그에겐 무기력한 젊음으로 비친 것 같다. 'UN에서 인턴 하기' 혹은 '호주에서 워킹 홀리데이 하기' 같은 것이 유행하던 시절이었다.

"친구랑 되게 다르네요…" 흥미가 싹 가신 표정으로 말을 줄이던 그의 눈빛이 아직도 떠오른다. 별것 아닌 것 같던 이 일화가 그 후로 다양하게 변주되어 엄청나게 듣게 될 잔소리의 원형이었다는 사실을 그땐 몰랐다. 취업 후엔 연봉 협상이나 이직, 애인의 스펙 같은 화제 앞에서 나는 할 말이 없었고, 30대에 들어서서는 결혼과 육아 앞에서 작아져야 했다.

비슷한 가치를 좇는 자기 계발에 관한 화제가 넘처나는 시대를 힘겹게 헤쳐 온 끝에 나는 이제야 할 말을 찾은 것 같다. 자기 계발이란 다수가 추종하는 성취를 이루기 위해 애쓰는 것이 아니다. 매일의 정교하고 단단한 일상이야말로 자기 계발의 조건이자 완성이다.

앞서 말한 나의 단순한 일상이 생각만큼 쉽게 얻어지는 건 아니다. 오죽하면 일상이 유리 같다고 말했을까. 한 번만 삐끗해도 와장창 깨진다. 어쩌면 저건 일 년에 며칠 없는, 그러니까 내가 꿈꾸는 이상적인 일상일 뿐일지 모른다. 나는 여전히 자주 전날 마신 술 때문에 숙취 속에서 깨어나기도, 먹고 살 일에 대한 걱정 속에 일이 손에 안 잡혀 방황하기도 한다. 그리고 깨진 구슬의 파편을 조각조각 모아 다시 붙이기 위해 안간힘 쓴다. 우리가 쉽게 말하는 일상이란 사실 이런 것이다.

수많은 위기를 잘 넘기고 일상을 단순하게 정돈하면 좋은 점이 많다. 내 마음이 어디로 흘러가는지 잘 보이니 마음을 놓치는 일이 드물다. 자연히 중요한 것에 집중하게 된다. 오늘 내 몸과 마음은 어떤지, 무엇을 왜 해야 하는지 고민할 만한 것들을 고민하고 그 밖의 것들엔 덜 신경 쓴다. 휩쓸리지 않고 자기 길을 찾고 걸어가는 힘을 기르는 것, 내가 생각하는 자기 계발의 의미다. 그래서 나는 어제와 같은 하루를 사는 오늘이, 오늘과 비슷할 내일이 좋다.

20대 초반 꿈이 뭐냐고 묻는 그 남자의 질문에 나는 이렇게 대답했다. "마음 편히 살고 싶어요." 미숙하고 부적절해 보이는 저 대답 안에는 나답게 살고 싶은 마음이 숨어있었을 것이다. 마음 편히 살기 위해선 내가 세상에 존재하는 이유를 알고 나와 어울리는 일을 함으로써 경제적 자립과 정신적 만족감도 성취해야 하니 마음 편히 살기가 얼마나 어려운 일인지 이제 그도 이해하게 됐을까? 그리고 내가 그와 나누고 싶었던 건 무엇을 하고 싶은지가 아니라 왜 하고 싶은지에 대한 이야기였다는 사실도.

당신이 갖고 싶은 '단단한 하루'의 일과는 무엇인가요?

나를 좋아하고 싶어서

* 영화 〈밀양〉(2007)에 관한 자세한 이야기가 포함되어 있습니다.

모든 인간관계의 기본은 자기 자신과의 관계라고 생각한다. 자신과 관계 맺기에 실패한 사람이 타인과 오랫동안 건강한 관계를 이어가기는 어렵다. 좋은 친구나 연인, 존경할 만한 멘토를 찾아 헤매던 날들이 있었다면 나 자신과 얼마나 좋은 관계를 맺고 있는지 돌아보는 시간도 필요하다. 자신을 사랑한다고 명쾌하게 말할 수 있는 사람도 있겠지만 그렇지 않은 경우도 많을 것이다. 대개는 좋음과 좋지 않음 사이 어딘가에서 서성이지 않을까.

사람들과 친해지고 친밀함을 확인함으로써 안정감을 찾으려 했던 시절을 보내고, 언제부턴가 나 자신과 잘 지내고 싶다는 생각이 들었다. 다른 누군가가 아닌 나를 좋아하고 싶었다. 부끄러운 말이지만 나는 한동안 내가 별로 마음에 들지 않았던 것 같다. 닮고 싶은 사람을 본받으려고 노력해본 적도, 이상적인 모습을 그려놓고 그에 가까워지고자 애써본 적도 있다. 그러나 내가 나를 좋아하게 되는 길은 의외로 단순했다. 타인과 좋은 관계를 맺기 위한 바탕이 정직과 신뢰이듯, 나와의 관계도 마찬가지였다. '나는 얼마나 자신을 신뢰하고 스스로에게 솔직한가.' 되돌아봐야 했다.

복잡한 심리 체계를 가진 인간이 스스로에게 정직해지기란 마음먹는다고 되는 단순한 일이 아니다. 그래서일까 그만큼 집요하게 탐구되는 주제이기도 하다. 자신을 속이고 외면했던 진실을 대면하여 화해하거나 끝내 분열하는 영화와 소설 속 주인공을 우리는 얼마나 많이 보아왔나. 이창동 감독의 영화 〈밀양〉에서 전도연 배우가 연기한 신애가 이런 이야기의 전형적 주인공이다. 신애는 젊은 나이에 남편을 사고로 잃고 어린 아들과 함께 소도시 밀양으로 향한다. 남편의 고향이라는 이유로 자신과는 아무런 연고도 없는 곳을 선택한 것부터 뭔가 부자연스럽다. 밀양에서 작은 피아노 학원을 열고 이웃 상인들에게 자신의 세련된 취향을 과시하거나 재산이 많은 것처럼 부풀리던 신애는 아들을 유괴 당한다. 아들은 죽은 채 발견됐다. 아들이 다니던 학원장이 신애가 거짓으로 떠벌린 재산을 노리고 저지른 짓이었다.

이 비극적인 사건은 신애가 자신의 허위를 깨달을 수 있는 기회이기도 했지만, 그는 스스로 감당해야 할 고통을 종교에 떠넘기고 만다. 급속히 종교에 빠져든 신애는 아들을 잃은 비극마저 신의 뜻으로 받아들이는 듯 보인다. 살인자를 찾아가 용서하겠다고까지 한다. 초인적 결단이다. 그러나 거짓으로 시작된 이야기가 그렇게 쉽게 끝날 리 없다. 막상 신애가 만난 살인자의 얼굴은 너무나 평온하다. 그는 감옥에서 신애가 믿는 신과 같은 신을 알게 됐으며 그로부터 죄를 이미 용서받았노라 말한다. 순간 자신의 모든 허위를 깨달은 신애는 무너진다. 그제야 진실에 눈을 떴다. 진실의 무게를 감당할 수 없었는지 정신이 약간 이상해진 것처럼 보이지만 이편이 오히려 자연스럽다.

나를 속이지 않기란 지금의 내 상황을 똑바로 보는 것에서 시작한다. 〈밀양〉의 신애는 아들을 잃기 전 남편이 죽었을 때, 처음 똑바로 보기에 실패했다. 젊은 나이에 남편을 잃은 자신의 상황을 있는 그대로 받아들이기 힘들었던 것 같다. 신애가 받아들여야 할 것은 남편 없이 홀로 아들을 키워야 하는 냉혹한 현실이었지만 신애는 스스로를 모든 걸 승화한 비극 속 여주인공 자리에 성급하게 올려놓았다. 생활인으로서 맞닥뜨려야 할 불행을 외면하고 무대 위 비극을 연기하는 배우처럼 군다. 남편을 잃고 연고도 없는 남편의 고향으로 내려오는 부자연스러운 설정이 이를 뒷받침한다.(사실 신애의 남편은 불륜 중에 죽었고 신애도 이 사실을 알고 있다.)

아들을 잃은 후에도 비슷한 태도를 보인다. 자신이 느끼는 감정의 밑바닥을 살피고 보살피기보다는 성급히 봉합하려 든다. 그때의 신애에겐 그것이 최선이었을지 모른다. 살아남기 위해 자신을 속여야 할 만큼 힘든 시간도 있는 법이니까. 그러나 자신을 속여 진실을 외면하고 돌아선 곳엔 또 다른 거짓으로 향하는 문이 열려있을 뿐이다. 계속해서 가짜 인생을 살아갈 것이 아니라면 걸어 들어간 만큼, 되돌아 나와야 한다. 그 길을 걸어보는 것 또한 경험이 되겠지만 언제까지나 잘못된 문을 열고 되돌아 나오기를 반복할 수는 없다.

신애가 끝내 자신이 외면해 온 진실을 깨달으면서 무너지듯 자기 자신을 보기로 결단하는 일은 생각보다 수치스럽고 고통스럽다. 때론 어리석고 부조리한 현재를 철저하게 직시해야 한다. 게다가 누구도 그 투명성을 보장해주지 않는다. 끊임없이 스스로 의심해보는 수밖에. 지금 나의 욕망이 어디서 비롯된 건지, 내 감정에 정직하게 반응하는지……. 받아들이기 힘든 진실이나 콤플렉스를 위장하기 위해 내 감정마저 속이고 있지는 않은지 무언가를 외면하고 있지는 않은지 탐색해야 한다.

자신의 감정에 솔직하고 있는 그대로를 받아들이기. 나와 잘 지내기 위해서 기울여야 하는 노력은 고상하기보다 오히려 유치하고 눈물겹다. 하지만 고상하고 산뜻하기만 한 진실은 원래 드물다. 나를 좋아하려면 유치한 나를 반드시 껴안아야 한다. 자유롭고 자연스러운 어른이 된다는 건 나의 유치하고 약한 부분을 받아들인 후 비로소 타인을 이해하고 받아들이는 기적으로까지 나아간다는 의미가 아닐까.

자신의 콤플렉스, 유치한 면을 인정하기

자존감과 멘탈보다 중요한 것

"당신의 자존감과 멘탈은 안녕한가요?" 누군가 내게 묻는다면 나는 뭐라고 대꾸할 수 있을까. 정확히 대답하려고 노력해보자면 자존감이 높다고 느껴질 때도 낮다고 느껴질 때도 있으며 멘탈은 대체로 약하다.

'자존감과 멘탈', 수치로 매기기 어렵고 개념도 모호한 단어가 방송·출판계 여기저기서 참 많이도 소환되고 소비된다. 더나은 자신을 원하는 사람들이 귀 기울일 만한 주제다. 이때 많은 논의가 '자존감을 높이려면 멘탈을 관리해야 한다. 멘탈이 강해야 자존감이 높다'로 귀결된다. 멘탈이 강한 사람은 어떤 사람일까? 어지간한 일에는 긴장하지 않고 기분 나쁜 상황을 겪어도 바로 되받아치거나 무시해 마음의 동요를 막을 수 있는 사람? 이런 사람이 정말 있을까?

인간이 불확실한 일 앞에서도 비교적 흔들림 없이 대응할 수 있을 때는 경험을 통한 통계적 확률상 해볼 만하다는 확신이 들 때뿐이라고 생각한다. 경험을 토대로 내가 해낼 수 있다는 혹은 실패해도 무너지지 않는다는 합리적 추론이 가능할 때 비로소 여유를 부릴 수 있다. 단지 긍정적 사고 같은 마인드 컨트롤만으로 얻어지는 것이 아니다. 몸과 마음으로 겪어낸 경험이 반드시 필요하다. 이 외의 경우 대범하다는 건 겉으로만 그렇게 보이는 것이거나 상황 파악이 안 됐거나 무모함에 불과할지도 모른다. 경험이 쌓인다고 다 되는 것도 아니다. 내가 내 멘탈이 약하다고 느끼는 이유는 충분히 겪은 일 앞에서도 여전히 불안하고 상처 받기 때문이다. 나 같은 사람도 많을 것이다. 경험은 필수 조건일 뿐 전부는 아니라는 얘기다. 여전히 멘탈은 우리가 완전히 컨트롤할 수 없는 문제다.

자존감은 멘탈보다 더 모호하다. 얼마 전 부와 명예, 미모까지 가진 한 배우가 히트작을 끝낸 뒤 자존감 문제로 힘들었다고 고백하는 인터뷰 기사를 읽었다. 어린 나이에도 비범한 연기를 선보여 늘 차기작이 더 기대되는, 말하자면 실력이나 멘탈 둘 다 꽤 단단해 보이는 배우였다. 이런 그녀가 자존감 문제에 시달렸다니… 그러고 보니 도저히 그럴 것 같지 않은 사람이 내적으로 괴로워하는 일을 우리는 종종 보아왔다. 이로써 우리가 자존감에 관해 추측할 수 있는 건 그것이 상당히 개인적이고 상대적인 문제라는 사실뿐이다.

흔들림 없는 멘탈로 언제나 현재의 자신을 사랑하고 미래를 낙관하는 사람은 드물다. 사람은 누구나 흔들린다. 내가 썩 괜찮게 느껴지다가도 한없이 못나 보이는 날이 누구에게나 있다. 미래를 그럭저럭 잘 헤쳐 나갈 거라고 믿다가도 '이게 다 무슨 소용인가.' 절망적인 기분이 들기도 한다. 카운트 펀치를 맞고도 '벌떡' 반사적으로 일어나 비틀대는 권투 선수처럼 굴 필요는 없다. 펀치를 맞으면 맞은 자리에 쓰러져 잠시 쉬는 편이 낫다. 그리고 그 자리에서 다시 일어서면 된다. 멘탈을 훈련하는 방법, 자존감을 키우는 방법이 있다면 이것이 아닐까. 넘어졌을 때 잠시 쉬고 다시 그 자리에서 일어나는 것, 그리고 펀치의 두려움과 싸우기를 반복하는 것.

나는 여전히 자존감과 멘탈의 의미를 정확히 모르겠다. 다만 내가 괜찮아 보이는 날이 있고, 그렇지 못한 날이 있다는 것. 기분이 울적하고 절망적인 날이 있듯 잘 해낼 수 있을 것 같은 날도 있다는 걸 알 뿐이다. 그러니 지금의 내 처지를 비하하거나 미화하지 말 것. 슬플 땐 조금 울고서 툭툭 털고 일어나 일상의 작은 기쁨을 찾을 것. 자존감과 관련해서 내가 배운 교훈은 이 두 가지뿐이다. 나는 요즘의 내가 대체적으로 마음에 들지만 여전히 그렇지 못한 날도 있다. 앞으로도 그럴 것이다. 달라진 게 있다면 그런 날도 이런 날도 모두 살아갈 날들에 포함된다는 사실을 알게 되었으며 어떤 하루든 살살 달래듯 살아가는 법을 배워가고 있다는 것뿐이다.

울고 싶은 날, 충분히 울 것

당신의 기분은 틀리지 않습니다

역대급 폭염 기록을 갈아치우던 2018년 여름, 더위에 유독 약한 나는 폭염 말고도 한 가지 고통에 더 시달리고 있었다. 이사와 대출 문제였다. 숫자에 약하고 재테크에 관심 없던 내게도 나이가 마흔 줄에 들어서니 성향과 상관없이 거쳐야 할 문제들이 생겨났다. '프리랜서의 대출'이라… 당연히 쉽지 않은 싸움이 될 거란 걸 알았기에 빨리 문제 해결에 나서야 했지만 나는 숙제를 최대한 미뤄놓고 찝찝하고 위태로운 나날을 보내는 쪽을 선택하고 말았다.

대출 상품을 알아보고 내가 자격 요건을 갖췄는지 확인하는 것이 첫 번째 순서일 텐데 내겐 이 일이 나라를 구하는 것만큼이나 부담스러웠다. 아무래도 대출이 나올 것 같지 않다는 불길한 예감 속에서 허우적댈 뿐이었다. 일을 미룰 수 있을 만큼 미룬 어느 주말, 이제 주말이 지나면 그 일을 시작해야만 했다. 더는 미룰 수 없었다. 토요일부터 슬슬 기분이 나빠지더니 일요일엔 걷잡을 수 없이 우울해졌다. 주말 내내 습도와 기온과 더불어 내 불쾌지수도 정점을 찍었고 하필 미리 세팅돼 있던 다음 주 출연자 섭외가 취소돼 그 문제도 해결해야 했다. 나 같은 쫄보에게 대출과 출연자 펑크가 동시에 겹치다니.

출근이 없는 월요일, 악몽과 함께 식은땀을 흘리며 눈을 떴다. 피하고 싶은 일이 있으면 잠으로 도피하는 나쁜 버릇이 또 도졌다. 점심때가 다 되도록 악몽을 견뎌가며 자고 또 자다가 허리가 아파 어쩔 수 없이 일어났다. 영원히 잘 게 아니라면 상태가 나아지도록 움직이기로 했다. 마음이 정돈되고 기분이 좋아질 일을 찾아야 했다. 기분이 나아져야 일을 제대로 처리할 수 있다.

우선, 비가 부슬부슬 오는데도 숲으로 갔다. 30분쯤 가볍게 걸으며 비에 젖은 흙냄새를 맡으니 기분이 조금 나아졌다. '까짓것 안 되면 뭐 또 다른 수가 있겠지.' 집에 돌아와 깨끗이 씻고 나오니 몸은 상쾌했지만 여전히 머릿속은 해야 할 일들이 엉킨 실타래로 가득. 기분이 좋아질 일을 추가해야 했다. 평소 버려야겠다고 마음먹었지만 들고 내려오는 것이 귀찮아 미루던 물건 하나를 들고 나와 재활용 통에 넣고 다이어리와 볼펜 한 자루만 챙겨서 카페로 갔다. 차분히 앉아 아이스 아메리카노의 얼음을 와그작와그작 씹으며 나를 압박하는 일들을 다이어리에 적었다.

- 대출 상품 문의와 서류 준비, 과연 될 것인가?
- 펑크 난 방송 섭외, 어떻게 하지?
- 미용실에서 머리 하기, 은근히 급함
- 하반기 강의 시작일 다가옴

나 혼자 어쩐다고 될 일이 없다. 미용실 예약 전화 거는 것 정도 밖에는. 아무리 작은 일이어도 세상 대개의 일은 운과 누군가의 도움이 필요하다. 쉬운 것부터 해결하기로 하고 우선 미용실에 전화해서 다음 날로 예약을 잡았다. 다음은 섭외 펑크 문제를 해결할 차례. 여기저기 전화를 걸어본다. 열 통쯤 한 것 같은데 실패다. PD에게 응급 상황을 알린 후 다른 작가에게 도움을 청해놓고 일단 보류하기로 한다. 그리고 금융 기관과 통화해 미팅 날짜를 잡았다. 이 밖에 오늘은 더 할 수 있는 일이 없다.

셀프케어, 스스로 돌보기에 대해 자주 생각한다. 매일 밤 피부만 셀프케어할 일이 아니라 내 기질, 내 마음에도 세심한 케어가 필요하다. 건성인지 지성인지 요즘 트러블이 올라오지는 않는지… 타고난 피부 조건과 현재의 피부 상태를 관찰하고 그에 맞춰 관리하듯 우리 마음도 관찰하고 돌보아야 한다. 이때 내가 의지하는 신호는 감정이다. 노폐물이 쌓이거나 균형이 무너질 때 피부에 뾰루지가 올라오듯 마음에도 종종 부정적 감정이라는 뾰루지가 돋는다. 이유를 알 수 없이 퍼석거리기도 한다. 돌아보니 변덕스러운 감정은 우리를 함몰시킬 불청객이 아니라, 나의 상태를 알려주는 세심한 지표였다. 부정적 감정이든 긍정적 감정이든 인정해야 한다. 특히 나쁜 감정이 올라올 때 나는 지금 무언가 잘못되었으니 상황을 회복시키라는 신호로 여기고 관찰한다. 왠지 기분이 나쁠 때 몸을 사리고 자중해본 경험이 누구에게나 있을 것이다.

유난히 감정에 끌려다니며 힘들어하는 사람이 있다. 호르몬 탓일 수도 있고 타고나길 감정 기복이 심한 사람일 수도 있다. 과거엔 나도 불안이나 불쾌, 두려움과 같은 나쁜 감정이 밀려올 때 감정이 시키는 대로 오락가락하거나 무시해버리곤 했다. 이제 나는 기분이 나쁠 때, 그것을 알아차리고 기분 좋아질 일을 찾는다. 상황을 바꾸는 건 어렵지만 기분을 바꾸는 건 덜 어려우니까. 내 경우엔 길게 목욕하거나, 산책을 하거나, 종이에 떠오르는 걸 적으면 마음이 차분해진다. 누군가에겐 달콤한 디저트 한 입일 수도, 믿을 만한 친구와 수다 떨기일 수도, 맥주 한 캔 쭉 들이켜고 푹 자는 것일 수도 있겠다. 부정적인 감정이 몰려올 때 기분이 나아질 일을 아는 건 중요하다.

집으로 돌아가는 길, 비는 그쳤고 내 마음은 평온하다는 사실을 깨달았다. 한나절 사이에 이렇게 상태가 달라질 수 있다니 신기하고 다행인 와중에 다이어리에 적은 일 중 해결한 일이 하나도 없다는 사실이 떠올라 웃었다. 그래도 어떤가, 내 상태가 중요하다. 혼란스러운 상황에도 내면의 안정을 유지할 수 있으면 외부 상황은 어떻게든 정리된다는 걸 이제는 안다. 습관처럼 하늘을 올려다보니 비는 그쳤지만 구름이 잔뜩 내려앉은 흐린 하늘 사이로 해가 흐리게 빛났다. 끝없이 막막한 어두운 하늘에서 기어이 햇빛 한 줌을 찾아내 감동하는 것, 그런 삶도 좋다.

빠르게 기분이 좋아지는 방법은 무엇인가요?

정규직이 될 수 있다면

"정규직이 될 수 있었다면 하셨을 거 아닌가요?"

같은 방송 프로그램 팀에서 일하며 친하게 지내던 20대 동료가 내게 던진 말이었다. 한 정규 프로그램을 1년 정도 담당했을 무렵, 어느 날 갑자기 이해하기 어려운 이유로 내 일의 분량이 절반으로 줄어드는 일을 겪었다. 심란하긴 했지만 고용 환경이 열악한 방송판에서 숱하게 보아왔던 일이기에 그리 큰 충격을 받진 않았다. 내게 일어난 일이 대단한 불운이 아니며 엄밀히 보면 운이 좋아 이제야 이런 일을 겪는다고 다독이며 마음을 추슬렀다. 그러나 나의 순진한 평화에 찬물을 끼얹은 20대 그녀는 진심으로 나를 걱정하고 있었다.

"작가님 정말 괜찮으세요?"

"나는 괜찮아요. 프리랜서의 삶이란 늘 이런 것인걸."

짐짓 어른의 표정을 지으려 애쓰며 말했을 때 후배는 울먹이며 더 깊은 진심을 내보였다.

"프리랜서가 되고 싶어서 되신 게 아니잖아요…(눈물)… 정규직이 될 수 있었다면 하셨을 거 아닌가요?"

한마디로 '되고 싶어서 된 프리랜서가 아니지 않냐'는 내용이었다. 요즘의 취업 환경을 겪은 20대들에게 프리랜서란 그저 '정규직이 되지 못한' 삶으로 비칠 수도 있겠구나 싶어 암담했다. 나만 괜찮다고 모두가 괜찮은 게 아니었다. 프로그램에 하차했다는 사실보다 그 후의 안일한 대응이 후배와 동료들에게 끼쳤을 영향에 대해 생각하느라 한동안 시달렸던 기억이 난다.

프리랜서로 살아온 지도 15년이 훌쩍 지났다. 학부 마지막 여름 방학에 A4용지 등 비품 타오기와 복사하기로 시작한 방송일과 함께 내 청춘을 보낸 셈이다. 그 시절엔 각 방송사의 작가 공채가 사라지는 시점이었고 방송 작가는 프리랜서로 활동하는 게 당연했다. 특히 내 경우엔 진로를 정할 때 출퇴근이 자유로운 직업을 선택하자는 것이 조건 중 하나였기에 비교적 만족스러운 환경이었다. 어린 시절엔 용감하여 고용 안정성보다 바람처럼 오갈 수 있는 자유로움에 더 끌렸던 것 같다.

그때도 졸업생들에게 취업은 만만찮은 스트레스였지만 고용 환경이 지금처럼 뒤틀리고 왜곡되진 않았다. 계약직을 넘어 '파견직'과 같은, 명칭만으론 잘 이해도 안 되는 고용 형태들이 등장하면서 직장이나 직업도 아닌 고용 형태 자체에 우열이 생긴 건 내가 직업을 갖고 나서 일어난 일들이다. 2000년대 중반부터 '파견직' 동료들이 많이 생겨난 것 같다. 헤드헌터라는 사람들이 종종 사무실에 와서 방송사 실무자들에게 머리를 조아렸다. 왜 프리랜서처럼 고용인과 피고용인이 바로 계약하지 않고 중간에서 수수료를 떼 가는 파견 업체가 끼는 걸까? 그땐 그저 동료들의 월급에서 매달 떼어가는 수수료가 아깝다는 생각밖에 못했던 것 같다. 그렇게 10여 년의 시간이 흐르는 동안 방송계의 고용 형태는 점점 왜곡돼갔다. 지금 방송사 사무실이나 현장을 둘러보면 스텝들 중엔 비정규직의 비중이 압도적으로 많다. 그리고 그들은 계속해서 교체된다.

'직장보다 직업을 선택하라.' 한때 뜨는가 싶다가 사회적 불황에 따른 스펙 병이 깊어지면서 사라진 말이다. 얼핏 매력적으로 다가왔던 이 말이 지금 호소력을 잃은 이유는 '직업'으로 상징되는 자아 정체성을 추구하기에 이 세계가 너무 고단해졌기 때문이다. 어떤 장소의 어떤 책상에서 어떤 형태로 고용될 것인가를 쟁취하느라 나는 어떤 사람이고 어떤 일을 하고 싶은지 탐구할 여력이 없다. 그저 안정적으로, 차별받지 않을 형태의 고용이 최우선 고려 사항이다. 요즘 청년들이 갑자기 패기를 잃어서는 아닐 것이다.

비정규직 문제는 너무나 다양한 이슈들이 얽혀있어 쉽게 의견을 보태기도 해법을 제시하기도 어렵다. 다만 누구나 자신이 원하는 고용 형태를 선택해 일할 수 있고 그 선택으로 인해 차별받지 않아야 한다고 믿는다.

그리고 또 한 가지, 점점 좁아지는 고용 시장에서 버티는 동안 패기보단 걱정이 앞서는 나이로 접어든 내가 과연 지금도 정규직의 삶을 단호히 거부할 수 있을까? 사회가 해결할 고용 문제가 아닌 나의 정체성과 커리어에 대한 자신감, 초심에 대한 질문이다.

20대에 정규직 취업을 고려하지 않고 프리랜서의 삶을 결정한 이유는 무엇이었을까. 앞서 말했듯 정해진 시간에 출퇴근하지 않는다는 조건에는 어떤 욕구가 숨어있었을까. 다시 한 번 곰곰이 생각해본다. 프리랜서를 추구하는 것은 직장이나 직업보다 나 개인의 삶이 우선이며 나의 변화에 따라 직장과 직업은 변할 수 있다는 전제를 품고 있다. 무엇보다 삶의 변화무쌍함을 피하지 않고 즐기며 대처하겠다는 각오와 자신감이 바탕이 된다. 내가 특별히 잘난 사람이라서? 아마 사회가 그것을 수용하는 분위기였기 때문일 것이다. 차별이 아닌 차이를 두면서 말이다.

다시 내 초심에 대한 의문으로 돌아가면, 이제 와서 맞지 않는 옷에 나를 맞추지는 않겠다고 쉽게 결론 낼 줄 알았지만 사실 그렇지 못하다. 이제 나는 나이가 많고 일은 점점 줄어들고, 이때 누군가 스리슬쩍 정규직을 제안한다면… 아니다, 아마 아침 아홉시 출근이 힘들어서라도 도저히 정규직은 못할 것이다. 그러니 이왕 이렇게 된 거 더 과감해지고 싶다. 젊어서 속 편한 한량 프리랜서였다면 앞으론 내가 경험한 것들을 더 가치 있게 나누기로. 60세까지 주눅 들지 않는 자발적 프리랜서로, 나만의 속도와 방향을 고집하는 자유인으로.

내 상황에 자신의 처지를 투사해 울먹이던 파견직 후배는 그로부터 2년 뒤 원하던 대로 정규직 명함을 따냈다. 얼마 후 내게 밥을 사겠다고 찾아온 날 우리는 밥보다 술을 많이 마셨다. 축하와 기쁨으로 시작한 술자리였지만 우리는 둘 다 알고 있었다. 이것이 최후의 축배는 아닐 것임을. 어떤 직장의 무슨 자리에 있건 우리의 삶에는 앞으로도 그닥 아름답지 못한 수많은 일들이 도사리고 있다는 것을. 그리고 또 하나, 그럼에도 맥주잔을 사이에 두고 함께 고민하고 아파하고 때론 축하해주는 맞은편의 사람이 서로에게 버텨나갈 힘이 되어줄 것임을.

초심을 되짚어보기

그 누구보다 나를,
잘 데리고 살기

중학생 시절, 아빠와 엄마 그리고 나까지 셋이 함께 떠난 휴가지. 바닷가였는지 산이었는지조차 기억나지 않지만 생리대가 없어 발을 동동 굴렀던 일만은 또렷이 떠오른다. 내가 챙긴 생리대 주머니를 엄마는 자기의 짐 가방에 넣어 아빠 차 트렁크에 실었다. 그리고 우리는 그 사실을 잊은 채 각자 작은 소지품 가방만을 들고 숙소에 체크인했다. 방에 들어와 엄마에게 생리대가 필요하다고 말했지만 나는 그날 끝내 생리대를 쓸 수 없었다.

어릴 때부터 내 눈에 비친 아빠는 늘 긴장해있었다. 자상하게 챙겨주는 스타일은 아니었으나 성실하셨고 매 한 번 든 적

없는 순한 분이었지만 장점에도 불구하고 소심한 성격만큼은 도저히 이해할 수 없을 정도였다. 아빠에게 다음 날 일찍 일정이 있을 때면 가족들은 한껏 예민해진 아빠의 눈치를 봐야 했다. 그런 날 아빠는 어김없이 밤새 잠을 못 자고 뒤척였다. 우리 집은 작은 돌발 상황이라도 생기면 종종 비상 상태로 돌입했다. 가벼운 접촉 사고라도 한 번 나는 날엔 온 집안이 초상집 분위기였다. 기분이 좋은 일이야 아니겠지만 보험사 불러 처리하면 될 일 아닌가? 아빠의 그런 성격은 휴가나 여행지에서 극도로 발휘됐다. 자신이 통제할 수 없는 일이 발생할까 잔뜩 곤두서 있어 함께 여행하는 가족들의 기분까지 망치기 일쑤였다.

엄마가 그날 내게 생리대를 가져다주지 않은 건 주차장이 멀고 복잡했으며 아빠는 그런 일에조차 큰 스트레스를 느낄 성격이었기 때문이다. 엄마는 낯선 곳에서 가뜩이나 잔뜩 예민해진 아빠에게 차마 딸의 생리대 얘기를 꺼내지 못했을 것이다. 불확실성을 마주하지 못하는 아빠와의 여행은 대개 고행이었다.

이해하기 어려운 아빠의 성격 덕에 나는 어릴 때부터 사람의 성격과 기질에 대해 특별한 관심을 갖게 됐다. '저 사람은 왜 매번 저렇게 행동하는 걸까?' '성격은 타고나는 것이라던데 그럼 성격이 곧 그 사람인가?'라는 의문을 거쳐 많은 사람들이 외치는 말 '자기답게 살라'는 말의 의미에 대해서까지.

'나답게 살기'의 구체적인 의미와 방법을 예상치 못한 곳에서 접했다. 주식 투자에 대한 한 전문가의 견해였는데 시장 전망이나 오를 종목이 무엇인지 신경 쓰기보다 자신의 성격을 알고 그에 맞게 투자해야 한다는 말이었다. 손해를 보고도 못 파는 성격의 투자자들이 있는데 그런 사람의 경우 손절매를 잘 하려고 기운 빼지 말고 아예 오랫동안 안 팔아도 되는 종목을 사라는 조언이었다. 사람은 웬만해선 타고난 기질을 바꿀 수 없으며 그럴 필요도 없다는 얘기였다.

주식 투자만 놓고 얘기해 보자면, 내가 바로 1퍼센트라도 손해를 보고는 못 파는 사람이다. 주식에는 손절매 원칙이라는 것이 있다. 매수 후 종목이 떨어질 확률은 정확히 50퍼센트다. 따라서 투자자는 언제나 하락을 대비해야 한다. 매수가의 몇 퍼센트까지 떨어지면 매도하겠다는 원칙만 잘 지켜도 큰 손해는 보지 않는다. 하지만 결코 팔지 못하는 나 같은 사람도 있다. 불합리하고 어리석은 걸 알면서도 고쳐지지 않는다. 보유 주식이 반토막 아래까지 가도록 못 팔고 그냥 들고 있는 사람이 나다. 이런 내 모습이 처음도 아니고, 앞으로도 반복될 걸 이제는 안다.

나 같은 투자자에게 전문가가 추천한 것은 KODEX ETF로, 이는 개별 기업이 아닌 지수 자체를 사는 상품이다. 지수는 종목에 비해 변동성이 작으므로 손해 보는 중이더라도 나처럼 언젠가 본전이 올 때까지 기다리는 투자자에겐 그나마 적절한 상품이다. 상장 폐지 위험도 없다. 고수익은 어렵지만 기다리면 언젠간 본전을 찾을 가능성이 높다. (사실 나는 투자를 안 하는 게 가장 어울린다.) 반면 손절 원칙이 뚜렷하고 하루하루 주가에 신경 쓰더라도 지수 대비 고수익을 원하는 엄마는 저 상품에 매력을 못 느낀다. "내 스타일이 아니야"라며 딱 자르신다. 돈이 오가는 주식 투자에는 각자의 기질이 생각보다 노골적으로 드러난다.

다른 이의 성격을 부러워하는 사람들을 자주 본다. 나도 그랬다. 적당히 무심하고 대범한 친구의 속 편한 얼굴이 부러웠고 생각한 걸 바로 행동에 옮기는 친구의 에너지가 감탄스러웠다. 하지만 지금은 좋기만 한 기질도 나쁘기만 한 기질도 없다고 생각하고 산다. 특정 상황에 유리한 기질이 있고 불리한 기질이 있을 뿐이다. 저마다의 생존에 필요해서 장착된 것일 테니 기질 자체는 긍정적으로 바라봐야 한다고 생각한다. 그보단 기질을 어떻게 쓰느냐가 중요하지 않을까. '내 기질의 빛과 그림자를 잘 알고 다스리는가'의 문제다.

예를 들어 성격이 급한 사람은 보통 추진력이 좋다. 하지만 뒷심이 약하거나 추진 과정에서 속도가 다른 사람들을 몰아붙이기도 한다. 반면 나는 행동하기 전에 여러 번 따져보는 신중한 성격이지만 어떤 사람들의 눈엔 게으르거나 무기력해 보일수 있다. 나조차 지금 신중한 것인지 게으른 것인지 헷갈릴 때가 있으니까. 그렇다고 추진력 좋은 성격으로 바꾸기 위해 애쓰진 않는다. 신중함과 게으름 사이를 오가는 내 기질이 결국내 삶을 꾸리고 지켜왔다는 사실을 알기 때문이다. 결단력 있게 선택하는 일이 어렵다면 사소한 것부터 선택하는 연습을 하고, 좋아하는 일을 부지런히 함으로써 게으름을 막아보려 노력할 뿐이다. 어쩌면 '나답게 살기'란 남의 것이 아닌 내 것을 살피고 귀하게 여기는 훈련 끝에 얻어지는 것일지도 모르겠다.

아빠는 손에 쥔 것 없이, 갓 태어난 막내를 안고 서울로 이주해 전업 주부 아내와 함께 두 딸을 키워내셨다. 아빠의 유별난소심함은 정글 같은 외부 상황에 민감하게 대처하는 동안 단련된 아빠만의 예리한 무기였을 것이다. 우리 가족은 아빠의 소심함을 갉아 먹으며 소시민의 작은 행복을 누리면서 평탄하게살았다.

몇 해 전, 여섯 살 조카까지 함께 한 1박 2일 속초 여행에서나는 아빠의 새로운 모습을 봤다. 익숙지 않은 형부의 차를 대신 운전하거나 내비게이션만으로 맛집을 찾아가는 동안 아빠는 허둥지둥하면서도 느긋해지려고 애쓰고 계셨다. 호흡을 가쁘게 몰아쉬며 자신의 급하고 소심한 기질을 다스리시는 모습을 봤다. 아빠는 변했고 나도 더 철들어 갈 것이다.

내 기질의 빛과 그림자를 살피기,
그리고 그것에 휘둘리지 않기

회사를 그만두어도

내 친구 P의 허락을 받고 이 글을 쓴다. P는 누가 보기에도 성실한 직장인이다. 그녀의 커다란 업무 수첩은 전 청와대 수석의 그것만큼 철저한 업무상 디테일로 가득하다. 상사가 보곤 기밀 유지를 당부했을 정도란다. 누가 봐주길 바라면서 적당히 사내 정치에 기대는 타입도 아니고 말 그대로 정공법으로 승부보는 케이스. 맡은 일을 강박에 가까울 정도의 완성도로 해낸다. 이건 내가 직접 목격한 적도 있어서 잘 안다. 이런 그에게도 퇴사 고민은 대화 끝에 늘 따라붙는 노래 같은 것이었다. "그만둘래" "이제 정말 안 되겠어" "이건 아닌 것 같아" 30대에 접어들어서부터 지금까지 P의 퇴사 선언만 수십 차례 들었다. 초반엔 나름 제삼자의 입장에서 이것저것 조건을 따져가며 성실히 조언했다. 수입이 끊겼을 때 가용할 수 있는 통장 잔고, 지금보다 나은 회사로 이직할 가능성, 이직이 늦어지거나 실패할 경우 대안으로 삼을 일은 있는지 등이었다. 그러나 최근엔 주로 듣기만 하는 편이다. 어차피 내 조언을 듣지 않을 거라고 생각해서가 아니라 퇴사하든 퇴사하지 않든 P는 계속 P의 삶을 살 거라는 사실을 알기 때문이다.

드러내느냐 아니냐의 차이일 뿐 퇴사 고민을 하지 않는 직장인이 얼마나 될까. 고용의 질이 떨어지고 안정성이 취약해지면서 과거보다 많은 이들이 수많은 불면의 밤을 보내며 퇴사를 고민한다. 대개는 퇴사하지 않지만 끝내 실행에 옮기는 사람도 있다. 퇴사해도 될까에 대한 대답은 직장의 질이나 커리어의 성격, 퇴사 후 새로운 입사 가능성, 혹은 조직 생활에 맞는지 프리랜서에 어울리는지 등 그야말로 경우에 따라 사람에 따라 다른 터라 뭉뚱그려 말할 수 있는 주제는 아니다.

다만 내 친구 P처럼 오랜 시간 퇴사를 고민해온 사람이라면 이것만은 알아주었으면 좋겠다. 그렇게 묵은 고민이라면 이제 그만 어느 쪽을 선택해도 괜찮다는 것. 선택하지 못하는 스트레스는 그만 내려놓는 게 어떨까 하는 것이다. 결정하지 못한다는 건 퇴사하거나 하지 않거나 장점과 단점이 비슷하다는 뜻일 거다. 한쪽이 확실히 기우는 저울을 내려놓지 못하고 계속 고민하는 사람은 없으니까.

무책임한 말처럼 들리겠지만 사실 동전 던지기를 통해 결정해도 그만일 정도로 양단간의 오래된 고민이란 늘 그런 법이다. 어느 쪽을 선택해도 감당해야 할 몫의 크기는 비슷하다. 종류만 다를 뿐이다. 다만 퇴사 후에는 불확실성이라는 페널티가 붙어 같은 무게가 더 무겁게 느껴지기는 할 것이다. 해보지 않은 일, 가보지 않은 길에 대한 두려움 탓이다. 퇴사하지 않으면 최소한 지금처럼은 살 수 있지만 퇴사하면 지금만큼도 못 살지 모른다는 공포는 자연스럽다. 미지의 공포를 해결하는 확실한 방법은 아예 쳐다보지 않거나 그 속으로 뛰어드는 것이다. 공포로부터 고개를 돌리는 게 영 어렵다면 이제 그만 뛰어들어보는 수밖에 없다.

'퇴사해라 마라'라는 공허한 충고 대신 내가 친구에게 하고 싶은 말은 이것이다. 무엇을 선택해도 P는 P다운 삶을 살 거라는 것. '그만의 삶'이란 직장의 이름이나 직업의 종류가 아니라 삶을 대하는 태도로 결정된다고 믿는다. 퇴사뿐 아니라 결혼이나 이혼 같은 삶의 중요한 선택 앞에서 선택 자체보다 중요한 건 자신의 선택을 얼마나 성실하게 책임지는가이다. 사람은 살아온 대로 살아갈 가능성이 크다. 어떤 변수로 인해 변화할 앞날을 예측하고 대비하는 것만큼 살아온 날들에 대한 성찰이 중요한 이유다. 그래서 나는 30대 후반에 누구나 이름만 들으면 아는 직장을 손에서 놓더라도 P가 잘못되지 않을 거라 믿는다. P의 삶은 앞으로도 그가 성실함으로 일궈온 궤도 위에서 움직일 것이다. 설령 다시는 어떤 회사로도 돌아가지 못하더라도 그렇다. 회사의 울타리보다 자기 역량이 더 큰 사람도 있다. 업무 역량이 아니라 삶의 역량 말이다. 그런데 삶의 역량은 시험해보지 않으면 알 수 없다는 게 문제다. 막다른 길에서만 발견할 수 있는 자기가 있는 것이다.

P와 같이 더 나은 삶을 위해 지금 무언가 고민하는 사람이 있다면 자신이 살아온 시간을 따뜻한 시선으로 돌아봤으면 좋겠다. P는 자신을 삶에 끌려다니는 우유부단한 사람이라고 말하지만 확고한 신념으로 평생을 맹세하는 직장인은 별로 없다. 내가 보기엔 매일 퇴사를 고민하면서도 묵묵히 오늘의 일을 해내는 P는 흔들림 속에서도 착실히 내공을 쌓아온 성실한 직업인이며 삶에도 그렇다.

퇴사할 기회가 없었던 프리랜서로서 퇴사에 관해 말하려

니 쑥스럽지만 애초에 직장이라는 울타리 없이 일의 종류와 양을 선택하고 책임지길 반복해온 장수 프리랜서에게도 노하우는 있다. 경험상 약간의 통장 잔고만 있다면 일은 하면 해서 좋고 안 하면 안 해서 좋았다. 그 틈에서 나는 내 삶을 산다. 퇴사 후 P의 모습을 구체적으로 상상할 수는 없지만 그동안 몸에 새겨온 삶의 태도로 또 다른 궤적을 만들 거라는 건 안다. 나는 그 새로운 궤적이 몹시 기대되지만 한편으론 아직 퇴사 소식이 들리지 않아 안심하기도 한다. 친구의 퇴사를 두고서도 이렇게 어정쩡한데 내 일이라면 얼마나 힘든 결단일까. 그럼에도 불구하고 삶의 방향 자체를 바꿔보고 싶다면, 그런 열망이 오래됐다면 막다른 길에서 발견할 자신을 기대해보라고 말하고 싶다. 어째 쓰면 쓸수록 머쓱한 프리랜서의 부끄러운 퇴사론이지만 이것은 무엇을 선택하든 삶을 대하는 태도가 우리를 지켜줄 거라는 믿음에 관한 이야기이기도 하다.

당신의 삶을 지탱해주는
가장 큰 삶의 태도는 무엇인가요?

지금은 연락하지 않는
그녀들에 대하여

서른셋부터였던 것 같다. 고만고만해 보이던 우리들의 삶이 서로 눈에 띄게 다른 행로로 들어서기 시작한 것이.

내게도 중고교와 대학을 통틀어 정기적으로 연락하고 만나는 동성 친구가 한 손으로 꼽기 어려울 만큼 있었다. 오랜 시간이 지난 지금, 여전히 곁에 남은 친구는 한 명뿐이다. 오래된 친구가 많은 것이 꼭 좋은 것도 아니고, 사회에 나온 이후 나이를 불문하고 친하게 된 지인들을 친구라 부를 수 없는 것도 아니지만 어린 시절부터 알아온 친구들이 곁에 거의 남지 않았다는 사실은 한 번씩 나를 돌아보게 만든다.

친구들 중엔 직장 생활을 하다 30대 중반을 넘기지 않고 결

혼한 친구가 가장 많고 일찌감치 20대에 결혼한 친구들은 시간
이 지날수록 전업 주부와 워킹맘으로 나뉘었다. 같은 싱글이어
도 결혼을 필수로 여기느냐 아니냐에 따라 미혼과 비혼으로 분
류됐다. 나는 반드시 결혼해야 하는 건 아니라고 생각하면서도
마음 한편에선 '정말 괜찮을까?' 하는 의심을 완전히 거두지 못
한 쪽이었다.

서른셋은 친구들 사이에서 어떤 분기점이나 분수령 같은 나
이였던 것 같다. 결혼에 비교적 느긋해 보였던 친구들이 가장
많이 결혼한 나이도 서른셋이었다. 소위 '적령기' 결혼을 포기
할 수 없었던 친구들은 용케도 서른셋 언저리에서 모두 결혼을
했다. 일찍 결혼한 친구라면 아이를 몇 명이나 낳을 것인지 자
녀 계획의 윤곽이 드러나거나 둘째를 가진 경우 결국 직장을 그
만두고 전업 주부의 길로 들어서기도 했다.

이 서른셋을 기점으로 많은 친구들과 멀어졌다. 결혼 후 일
과 가사의 병행으로 바빠진 탓에 연락이 뜸했다가 이후엔 공통
관심사가 너무도 달라져 자연스럽게 관계가 소원해지는 경우
가 가장 많았다. 이런 경우야 앙금이 없으니 여유가 생기거나
감성에 젖은 어느 날 언제든 다시 연락할 수 있다. 안타까운 경
우는 서로의 선택이나 입장을 존중하지 못해서 상처를 주고받

다가 멀어진 관계다.

우리는 비슷한 환경에서 비슷한 고민을 공유하던 사이였다. 그러나 20대 후반에 들어서면서부터 결혼 유무에 따라 입장이 서서히 달라지더니 서른셋 즈음엔 그 차이가 확 커지거나 다시는 비슷한 상황에 놓일 수 없을 것 같은 조짐이 나타나기 시작했다. 공들이지 않아도 유지되던 우정은 더이상 저절로 작동하지 않았다. 우리는 서로의 입장을 충분히 배려할 만큼 성숙하지 못했다. 20대에 결혼하고 전업 주부로 지내기 시작한 친구는 서른이 훌쩍 넘어서도 결혼이 아닌 다른 것에 몰두하는 내게 노산이나 고독사 같은 단어를 슬쩍슬쩍 흘리며 공격했고 명절 연휴에 가족 행사에 참여하는 대신 여행이라도 떠날라치면 철없다 나무랐다. 어쩌면 투정 같기도 한 어처구니없는 타박 앞에서 '네 삶이 지금 별로구나' 하고 넘길 여유가 있었다면 좋았겠지만 나는 그녀를 멀리하는 쪽을 택했다.

내겐 결혼 외에도 중요한 일이 많았고 결혼은 풀기 어려운 문제들 중 하나일 뿐이었다. 그녀에게도 속속들이 말하지 못한 사정이 있었을 것이다. 너도 알고 나도 알지만 결코 입 밖으로 내지 않는 종류의 고민이 있는 법이니까. 돌아보면 그 친구와의 관계가 가장 자주 생각난다. 가까웠던 시절이 그리워서라기보다 성숙하게 발전할 수 있었던 관계를 성급하게 끝냈다는 생각이 들어서다.

유독 친구를 좋아하고 소소한 것까지 함께 나누길 즐겼던 그녀도 답답했을 것이다. 왜 어서 결혼하지 않느냐는 재촉엔 점점 공유점이 사라지는 것에 대한 아쉬움도 담겨있지 않았을까. 같은 교실에서 같은 교복을 입고 같은 선생님을 흉보면서도 자신만의 꿈을 키워갔던 그 시절이 그리웠을 것이다. 하지만 나는 그녀의 마음을 읽을 겨를이 없었다.

다른 친구들도 마찬가지다. 사정은 제각각 달랐지만 모두 처음 맞이하는 삶의 전환 속에서 우리는 많이 헤맸다. 자기만의 기준으로 삶을 선택한 친구들은 묵묵히 자기의 길을 갔지만 그렇지 못한 경우도 많았다. 그 속에서 우리는 가끔 편을 갈라 서로를 공격했다. 워킹맘과 전업 주부로 나뉘고 심지어 애 하나인 집과 애 둘인 집이 나뉠 때도 있었다. 자신의 선택에 확신이 없을 때 인간은 때때로 타인의 다른 선택을 공격하기도 한다는 걸 나는 그때 알았다.

친구들은 모두 각자만의 짐을 지고 그 시절을 통과했을 것이다. 그 과정에서 가장 편하고 가깝던 친구들과 멀어지거나 심하게는 적이 돼버리기도 했다. 굳이 맞설 상대와 연대할 상대를 구분한다면 학창 시절의 친구는 연대의 대상에 가깝다. '친구'라는 자격의 참견이 때로 공격으로 다가올 때도 많지만 포기하기 아쉬운 이유는 모든 다양한 여성의 삶을 한자리로 모을 수 있는 거의 유일한 이름이기 때문이다. 디테일을 지우는 건 조심할 일이지만 연대를 위해서는 필요하다.

결혼과 직업, 자식의 유무를 떠나 젊든 젊지 않든 여성이 그저 '자기 자신'으로 살아가기 쉽지 않은 사회에서 서로를 딸도 아내도 엄마도 며느리도 아닌 원래의 존재로 바라보고 각각의 삶을 포용하고 격려할 수 있는 관계란 얼마나 귀한가. 지금의 나처럼 서로 비슷한 상황에 놓인 새로운 친구들을 사귀는 것도 좋지만 달라진 상황을 무릅쓰고 그저 서로의 이름을 부르며 연대할 수 있을 만큼 '성숙해진' 관계는 친구끼리 가능하다.

서른셋이 훌쩍 지난 지금, 결혼하지 않아도 큰일이 일어나지는 않았다. 마흔셋에도 그럴 것이다. 어느덧 나와 친구들은 남편이 있는지 없는지 자식이 몇인지는 중요한 문제가 아니라는 사실을 아는 나이가 됐다. 다시 옛날로 돌아간다면 그깟 편 가르기와 신경전 때문에 친구들과 이렇게 사이가 멀어지지는 않을 것 같다. 그렇다고 지금이라도 먼저 연락해보기를 주저하는 이유는 자기만의 삶의 숙제를 풀지 못 한 사람과의 관계는 여전히 힘들다는 사실을 알기 때문이다. 타인의 기준으로 사는 삶과 자신의 기준으로 사는 삶 사이에서 나는 여전히 갈등하고 망설인다. 친구들은 어떨지 모르겠다.

우정을 갈라놓았던 문제를 다시 생각해보기

친구가 없어도 괜찮을까?

늦은 밤, 페이스북에 들락거리다 알 수 없는 알고리즘에 이끌려 글을 한 편 읽었다. 제목은 '당신에게 친구가 없는 이유'. '헉… 어떻게 알았지?' 뜨끔해하며 클릭해 읽어보니 신통하게도 얼마쯤 나와 겹치는 얘기였다. 먼저 연락하는 일이 드물다거나 나오라는 제안에 내키지 않아 한다는 부분이었다. '그래 내가 친구에게 살갑게 연락하거나 자주 만나고 일 벌이는 타입은 아니지.' 고개를 끄덕이면서도 글을 읽어갈수록 나는 한 가지 의문에 사로잡혔다. 글은 친구를 잘 만나지 않거나 적음을 인간관계가 나쁜 것으로 간주하고 급기야 개선해야 할 일로 바라보고 있었다.

'정말 그럴까?'

내게 관계는 유독 어려운 숙제다. 언제 어디서부터 생겨났을지 모를 미묘한 틈으로 인해 결국 하나의 관계가 틀어지고 마는 걸 보면서도 내가 할 수 있는 일은 많지 않았다. 나에 대한 상대의 의심과 오해에 치를 떨면서도 상대를 향한 내 편견은 알아차리기 어렵다. 일정 거리 안에서 서로에게 소속감을 느끼며 영향을 주고받고 싶다는 열망과 거리를 지키고 싶다는 고집이 부딪히기도 한다. 많은 밤 망쳐버린 관계, 부서진 관계에 자책하기도 한다. 이런 내게 친구가 없는 이유를 너무나 간단하게 진단하고 처방까지 내리는 글은 불편하게 느껴졌다.

인터넷에 떠도는 짧은 글 하나를 밤이 깊도록 오래 곱씹은 이유는 오래전부터 많은 사람들이 가진 친구에 대한 믿음이 이 글에 고스란히 담겨있었기 때문이다. '친구는 많아야 좋다'거나 '친구가 많다 = 인간관계가 좋다'는 믿음 말이다. 이 믿음 반대편엔 친구가 적은 사람은 인간관계에 문제가 있거나 사회생활, 더 나아가 인격에 결함이 있을 수 있다는 의심이 존재한다. 그러나 이것은 친구가 많은 사람들의 관점일 뿐 정작 친구가 많지 않은 사람들의 생각은 다를 가능성이 크다. 특히 친구가 많길

바랄 거라는 추측이 가장 당황스럽다. 최소한 나는 그렇다.

　나는 친구가 많지 않다. 그중 한 친구와는 몇 년째 메신저로 안부만 주고받기도 한다. 요즘은 동호회 활동도 하지 않고 정기적으로 참석하는 오래된 선후배 모임도 몇 개 없다. 그리고 나는 이 상황에 불만이 없다. 이것이 내게 맞기 때문이다. 나도 30대 초까지 친한 친구는 매주 한 번 이상 만나고 주말엔 부지런히 모임에 쫓아다니며 살았다. 그러나 왁자지껄한 모임을 갖고 돌아오는 길엔 하루를 충실히 살았다는 뿌듯함보다 공허함이 밀려왔다. 모르는 사이일 땐 나에 대해 말하지 못하던 사람이 일면식이 생긴 후로 나에 대해 마음껏 오해하거나 거짓을 퍼뜨리기도 했다.

　이해할 수 없는 행동을 반복하는 누군가를 만나 끝없는 넋두리에 함께 빠져들거나, 상대의 남아도는 에너지를 받아줄 도구가 되어 기를 빨리거나, 서로를 염탐하며 의미 없는 방어적 농담만 주고받는 대화에 신물 나 그만 만나려다가도 소심한 걱정이 뒤따랐다. '만약 인간관계를 잘 풀어내지 못하는 게 내 탓이라면?' '이러다 내 곁에 아무도 남지 않는 건 아닐까?' 얄팍하게는 '결혼식에 초대할 친구가 없어지는 건 아닌가'부터 '나이 들어서는 친구밖에 남는 게 없다던데' 같은 걱정은 지극히 현실적이다.

그러나 아무리 아닌 척해봐야 나는 결국 나로 돌아오는 법. 소위 말하는 결혼 적령기가 지나니 기를 쓰고 모이던 또래 모임도 자연스레 뜸해졌고 홀로 보내는 주말이 늘어갈수록 나는 이런 고요한 시간이 내게 얼마나 힘이 되는지 깨달았다. 이번에도 해답은 역시 내게 있었다. 사람들로 둘러싸여 영향력을 행사하고 영향 받음으로써 기운을 얻는 사람이 있다면 나처럼 사람들에서 떨어져 나만의 공간에서 스스로를 돌보아야 에너지가 충전되는 사람도 있다.

좀처럼 듣기 어려운, 친구가 많지 않고 화려한 인맥도 없는 사람의 목소리를 조금 더 내보자면, 양질의 큰 에너지로 많은 사람을 감당하고 좋은 영향을 주는 존경스러운 인싸도 많지만 내가 관찰한 바로는 친구가 많은 사람 중엔 오히려 외로움을 다루지 못하거나 혼자 있는 걸 견디지 못하는 사람이 많았다. 사람을 불러 모으는 걸 통해 자신의 존재감을 확인하거나 잘나가는 지인의 사회적 위치가 자신의 것이라 착각하는 사람도 있었다.

친구가 많고 적고, 모임이 많고 적고가 정말 그렇게 중요할까? 그보단 내가 어떤 상황에 어울리는 사람인지, 내게 맞는 관계 방식은 무엇인지, 그 방식 안에서 얼마나 진실하게 사람을 대하는지를 돌아볼 일이다. 친구 없는 사람이 관계 맺는 방식을 이야기해보자면, 나는 새 친구를 사귀기 위해 노력하거나 새로운 사람이 많은 자리에 억지로 나가지는 않는다. 마음이 내키지 않는데 어쩐지 필요할 것 같아서 혹은 거절할 명분도 딱히 없어서 맺은 관계는 내 경우 경과가 그리 좋지 않았다. 내 방식이 아니기 때문일 것이다. 끝까지 나답지 않게 행동해야 하거나 오해로 인해 불편한 상황이 연출되곤 했다. 관계는 한쪽의 노력은커녕 상대가 함께 노력해도 완벽히 컨트롤하기 어려운, 그 자체로 살아 움직이고 소멸하기도 하는 독립된 무언가라는 생각도 든다. 서로 좋은 마음으로 시작했지만 딱히 어느 쪽의 확연한 잘못 없이도 종종 어그러지고 깨지는 게 관계였다.

그래서 지금 내가 관계에 대해 기울이는 노력은 이것뿐이다. 억지로 누군가를 만나진 않지만 지금 이 순간 곁에 있는 사람에게 맑은 마음으로 진심을 건네고 그 관계가 어떻게 흘러갈지 지켜보는 것. 설령 스쳐 지나갈 인연이라도 그렇다. 관계의 크고 작음을 판단하거나 앞날을 예단하지 않고 상대를 대할 것. 잘 지내보겠다거나 멀리하겠다는 판단을 배제하고 이 순간에 최선을 다하는 것. 그리고 시간과 함께 변하는 관계를 지켜보는 것이다.

관계를 잘 돌보는 것만큼 잘 정리하는 노력도 필요하다. 좋은 마음으로 시작했어도 어쩐지 만날수록 불편한 사람이 있다. 서로를 어설프게 알고 오해하는 것보다 '잘 모르는 사이'로 남는 게 나은 관계도 있다. 서로 알아가고 맞춰가도록 노력할지 원래의 자리로 돌아갈지 구분하기란 대단히 어렵지만 열심히 내 마음에 묻는 수밖에 없다.

요즘 자주 만나는 사람을 꼽으라면 가족과 오래된 친구 한 명, 일 때문에 정기적으로 만나는 몇몇 동료뿐이다. 우리는 만나면 즐겁게 안부를 묻고 떠든다. 자주 따로 만나진 않지만 우리 중 누군가에게 도움이 필요할 때 서로 힘이 되어줄 거라는 걸 안다. 우리의 인연이 언제까지 이어질지 모르지만 인연이 곱게 오래가길 기도하는 마음으로 나는 지금 이 순간 내 곁의 사람 앞에서 조심스럽다. 어쩌면 관계로 인해 더 이상 상처 받기 싫은 소심한 사람의 방어법인지도 모르겠다. 그러나 여전히 나는 친구가 많을수록 좋다는 말에는 동의하지 않는다.

너무 많은 사람에 둘러싸여 있으면, 나와 어울리는 사람이 비집고 들어올 틈이 없다. 나와 닮아 마음을 쉽게 내어주는 사람이 아닐 누군가가 조심스럽게 들어올 자리를 언제나 비워두려 한다.

지금, 곁에 있는 이들과 충분히 즐거울 것

인간관계에 정답은 없다지만
온화하고 분명하게 거절하기

10년 넘게 알고 지내던, 좋은 사람이라고 믿었던 선배 한 명이 10년 넘게 내 욕을 하고 다녔다는 사실을 처음 알게 된 날, 나는 어안이 벙벙해 울지도 못했다. 매일 연락하는 절친 관계는 아니었지만 곧잘 만나서 고민을 주고받으며 시간을 나누던 사이였다. '그동안 보여준 호의는 모두 거짓이었나? 언니 언니 하며 따르던 나를 얼마나 비웃었을까?' 시간이 지날수록 분노와 역겨움 같은 것이 밀려들어 어쩔 줄 모르겠던 기억이 생생하다.

사람이 무섭다는 생각에 괴로워하던 내게 파이널 펀치를 날린 지인도 있었다. "네 주변에 왜 그런 사람들이 모이는지부터 돌아보지 그래." 마음이 많이 약해져 있던 나는 결국 선배와 선배의 실체를 전해준 지인, 그리고 나를 두 번 울린 지인까지 모두를 연락처에서 지우기에 이르렀다.

억울함과 분노가 사그라들자 슬그머니 의구심이 들었다. '혹시 내게 문제가 있었던 건 아닐까?' 아무리 생각해도 이런 식의 뒤통수를, '그럴 수도 있지' 하고 수긍하긴 어려웠지만 그 선배가 이상한 사람이기 때문이라고 간단히 정리하고 넘기기도 개운치 않았다. 자신을 돌아보라는 말을 건넨 지인도 오래 지켜보며 느낀 걸 조심스레 얘기했을 터였다.

그러나 고민이 길어질수록 확실해지는 건 틀어진 관계 앞에서 누구의 잘못인지, 무엇이 문제인지 단언하기는 어렵다는 사실뿐이었다. 내 경우 서로가 서로에게 크고 작은 실수를 주고받으며 살고 있었다. 선배와도 그랬을 것이다. 그렇다고 선배의 기만을 이해하게 된 건 아니지만 나 또한 또렷이 설명하기 어려운 악의로 누군가에게 상처를 준 적이 있었을 것이다. 여전히 개운치 않은 결론이었지만 언제까지 그의 의중을 헤아리는 데 시간을 쏟을 수는 없었다. 관계는 두 사람 사이의 일이지만 스스로만이 풀 수 있는 문제도 있는 법이니까.

오랜 고민 끝에 내린 결론은 관계의 데스노트를 만들기에 앞서 내가 사람을 사귀는 방식을 점검하는 것이 우선이라는 사실이었다. 인간관계를 너무 쉽고 가볍게 여기지는 않았는지, 맞지 않는 상대를 성급히 혹은 별생각 없이 내 삶 속으로 들여놓지는 않았는지… 돌아보면 그 선배의 행동에 힌트가 전혀 없었던 것은 아니다. 만나고 돌아올 때마다 선배의 말이 나를 칭찬한 건지 디스한 건지 몰라 고개를 갸웃했지만 그저 그만의 유니크한 화법이라 여겼다. 그와 절친한 사람들 중 나와 친분이 없는 이들이 하나같이 나를 별로 좋아하지 않는다는 점도 꺼림칙할 만했지만 나는 선배와 나 사이에 놓인 것이 무엇인지 자세히 들여다보지 않았다. 우리는 자주 만났지만 진심을 주고받지는 않았던 것 같다.

울지도 못하고 토할 것만 같던 그날의 사건으로 내가 배운 건 '사람이 제일 무섭다'는 식의 단조로운 명제가 아니라 관계에도 보살피는 정성과 진심, 선택하는 용기가 필요하다는 평범한 진리였다. 내게 힘이 되는 관계엔 정성을 더하기로, 이래저래 자신 없거나 내게 안 좋은 시그널을 보내는 관계는 더 이상 유지하지 않기로 했다.

그만 작별해야 할 관계가 보였지만 결단이 쉽지는 않았다. 확실한 가해와 확연한 진상이라면 정리가 쉬울 텐데 상대가 나

뻔 사람은 아닌 경우가 대부분이었기 때문이다. 하지만 비교적 무해한 사람끼리 맺은 관계도 때로 유해한 관계로 돌변할 수 있다는 걸 배운 뒤였다. 누구에게나 좋은 사람, 나쁜 사람은 드물었다. 이로운 관계와 이롭지 않은 관계가 있을 뿐.

정리해야 할 관계의 유형은 매우 다양했지만 한 가지 공통점이 있었다. 내가 싫어하거나 이해할 수 없는 말과 행동을 지속적으로 한다는 것이다. 만나고 돌아서서 개운치 않은 뒷맛을 남기는 경우가 대개 그랬다. 내 마음을 잘 들여다보면 그 사람과 공유하는 시간을 내가 어떻게 느끼는지 알 수 있다. 편안한지 불편한지, 용기를 주는지 주눅 들게 하는지, 혹 기운이 달리거나 무리하게 되지는 않는지. 때로는 스스로 해결해야 할 문제를 관계 안으로 끌고 들어오는 상대도 있는데 이때는 내가 그것을 용인하고 감당할 수 있는지 잘 살펴야한다.

구체적으로 내가 원치 않는 관계를 정리한 방법은 이렇다. 어릴 때처럼 절교 선언을 하는 건 어쩐지 유치하고 후폭풍 위험도 있으니 가장 안전하고 실용적인 방법은 역시 서서히 멀어지는 것이다. 이때 의외로 많은 사람들이 연락이 올 때 안 받는 것도, 만나자는 제안에 매번 거짓말하기도 괴롭다고 말한다. 이렇게까지 하며 사람을 밀어내는 것이 옳으냐는 고민이다. 나도 처음엔 그랬다.

상대를 마음에서 내보내지 않은 채 물리적으로만 피하려 했기 때문이었다. 상대를 피하려 하기보다 마음에서 내보내는 것이 먼저였다. 마음에서 내보내면 어느 정도 시간이 흐른 뒤 신기하게도 정말 멀어져 있곤 했다. (목적을 가지고 집요하게 달라붙는 특수한 상황 제외)

서서히 멀어진다는 건 마음속에서 그 사람에게 내주었던 공간을 서서히 좁혀간다는 의미이기도 하다. 상대를 향한 미움이나 원망, 이해할 수 없음이나 죄책감도 결국은 마음속 공간에서 자라나기에 공간을 비우지 않으면 크게든 작게든 신경이 상대를 향해 있을 수밖에 없다. 상대에게 내줬던 공간을 마침내 비운 후론 만나자는 제안에 시간이 없다는 말이 자연스럽게 나왔다. 이건 거짓말도, 상대를 공격하는 것도 아니다. 그저 정말 시간이 없을 뿐이다. 그 사람에게 내어줄 시간이.

상대가 잘못됐다거나 싫다는 말을 할 필요도 없다. 시. 간. 이. 없. 어.라고만 말하면 된다. (혹시 뭘 하길래 그렇게 바쁘냐고까지 묻는다면 잠시 침묵해도 된다.) 우리의 시간을 어떻게 쓸지, 특히 누구와 공유할지 결정하는 건 아무리 고민해도 지나치지 않은 주제다. 이렇게 숙고 끝에 만들어진 온화하고 분명한 에너지는 상대에게도 그렇게 전해진다.

관계를 잘 정리하는 방법에 대해 고민하는 동안 내 머릿속에 자주 떠오른 것은 지금은 멀어진 친구의 반짝이던 눈동자였다. 우리가 친해지던 날, 멈칫멈칫 다가가던 내 눈빛도 그렇게 반짝였을까. 이성 관계가 아니어도 누군가를 발견하고 자신의 삶 안에 들이기로 결정하는 순간은 경이롭다. 과거의 나는 이 경이로움을 의식하지 못했고 순간순간 내키는 대로 문을 열고 닫았을 것이다.

자신을 먼저 돌아보라며 내 상처에 소금을 뿌렸던 지인의 연락처를 복구하며 생각했다. 분명 애도하고 떠나보내야 할 관계도 있지만 끊어질 듯 말 듯 위태롭게 그러나 끈질기게 이어지는 관계도 분명 있다는 것을. 사람 사이의 일이란 사람의 힘만으로 완전히 다루기는 어렵다는 사실도.

가깝지만 진심이 부족한 관계를 들여다보기

PART 4

하루의 기술

싫음의 취향, 좋음의 취향

공공 기관에서 읽기와 쓰기에 대해 강의를 하다보면 청소년을 만날 기회도 종종 생기는데 이때 느끼는 게 참 많다. 학생들의 목소리를 듣고자 쉽게 이야기 꺼낼 만한 걸로 '좋아하는 것'이 무엇인지 묻곤 하는데 이때 거침없이 종이를 가득 채워가며 적는 친구도 있지만 한두 가지를 쓰고선 더 적을 것이 없다며 엎드려버리는 친구도 있다. 초보 강사 시절엔 당황스러웠지만 이제 이야기를 이끌어내는 나름의 노하우가 생겨 좋아하는 것을 모르겠다면 '싫어하는 것'을 적어보라고 한다. 이조차 없다는 학생은 거의 없다. 그리고 좋아하는 걸 발표하는 학생보다 싫어하는 것을 발표하는 학생의 이야기가 더 기억에 남는다. 그 친구를 더 선명하게 느낀다고나 할까? 축구를 좋아하는 학생보다 체육 시간 운동장 돌기가 미치도록 괴롭다는 학생이 더 진하게 기억된다. 때로 좋아하는 것보다 싫어하는 것이 그 사람을 더 잘 드러내 준다는 걸 알게 된 계기가 되기도 했다.

나는 초등학교 입학부터 고등학교 졸업까지 12년의 공교육 기간을 잘 적응해 통과한 것처럼 보이지만 속으론 그렇지 않았다. '돌아보면 다 추억이지'라고 말하는 사람도 많던데 그 시기의 나는 '똑똑한 척하는 바보' 같았다는 생각이 든다. 당시의 학교는 좁은 범위의 '정상'을 정해놓고 예외를 인정하지 않는 분위기였다. 그리고 나는 여기에 속하기 어려운 기질이었음에도 순한 학생이라는 기대에 부응하고 싶었는지 반항이나 일탈 한번 없이 학창 시절을 보냈다. 내 안의 불을 다루기는커녕 보지도 못했다. 아니 봤어도 못 본 척했을 것이다. 그걸 감당하려면 엄청난 용기가 필요하다고 믿는 소심한 학생이었으니까.

그러나 직업을 결정할 무렵 학교만 졸업한다고 끝이 아닐 것이라는 예감이 다행히 나를 이끌었고, 나는 학교와 비슷한 환경에 적응하지 않기로 했다. 그러니까 아침 아홉 시까지 출근해서 저녁까지 교사와 비슷해 보이는 상사를 모시며 일하는 직업에 종사하지 않겠다는 것이었다. 조직 안에서 충성하거나 처세에 신경 쓸 깜냥이 되지 못한다는 사실을 알고 있었다. 그제야 겨우 싫음의 취향이 생겨난 것이다.

하기 싫은 일이 뚜렷했던 것에 비해 하고 싶은 일은 모호했다. 방송 작가나 대중 강사는 하고 싶지 않은 일을 피하다 보니 얻게 된 직업이다. 그렇다고 해서 소중하지 않다는 건 아니다. 하기 싫은 일을 하지 않아도 되도록 만들어준 일이니 얼마나 고마운가.

취향이란 보통 좋아하는 것에 대해 말할 때 쓰는 말이지만 때로 싫은 것에 대한 취향을 먼저 발견하는 경우도 많다. 게다가 좋아하는 것은 바뀌지만 싫어하는 것은 거의 바뀌지 않는다. 싫었던 것이 좋아지는 경우는 드물다. 싫어하는 것이 그 사람의 본질을 더 잘 드러내 준다고 생각했던 이유이기도 하다. 돌아보면 사소하지만 분명한 '싫음'이 내 삶을 이끌었다.

그런데 최근 누군가의 취향을 이해하는 방식이 조금 바뀌었다. 싫어하는 것이 그 사람을 선명하게 드러낸다면 좋아하는 것은 그 사람의 가장 좋은 모습을 그려볼 수 있게 해준다는 생각을 한다. 싫어하는 것을 하지 않을 수 있는 삶에 성공했지만 아직 내가 좋아하는 것을 찾지는 못하던 무렵, 내가 좋아하는 것을 아는 데에도 선택과 훈련이 필요하다는 생각을 했다. 나는 중요한 시기 12년을 '남과 다른 나'를 드러내면 안 되도록 훈련 받고 거기에 자발적으로 순응한 사람이기 때문이다. 그러는 동안 잊었던, 잃었던 나를 단박에 찾을 수 없는 노릇이었다. 그때부터 블로그에 아주 사소한 것부터 내가 좋아하는 것들에 대해 기록하기 시작했다. 좋아하는 물건이나 풍경, 때론 어떤 순간이기도 했다. 매일 쓰는 머그컵부터 산책로의 꽃이 진 자리, 처음 본 보랏빛 노을까지. 어떤 날은 글 대신 사진만 올릴 때도 있었지만 내가 내 취향을 알아차리고 지지한다는 사실이 중요했다.

'어떤 성격의 배우자와 살고 싶은지' '어떤 분위기의 직장에서 일하고 싶은지'처럼 그 자체로 삶의 방향을 가르는 큰 취향도 있지만 대개 취향은 작고 사소한 곳에서 드러난다. 요즘은 이른바 '취향템'이 난무하며 취향을 소비와 연결시키려는 시도가 횡행하지만 내가 생각하는 취향은 '취향템' 안에 갇힐 수 있는 무엇이 아니다. 내가 가장 소중하게 생각하는 종류의 취향은 '삶에서 어떤 순간을 사랑하는가'이다.

나는 막힐 일 없고 제 시각에 정확한 지하철보다 버스를 선호하는데 약속 장소까지 버스를 이용했다는 나를 두고 답답하다는 사람 앞에서 할 말을 못 찾던 때도 있었다. 지하철은 이동수단이라는 느낌뿐이지만 버스는 가까운 여행을 떠난다는 기분이 들기 때문에 좋아한다는 사실을 나조차 모르고 있었다. 그것은 나를 잘 드러내주는 취향이었다. 흔들리는 버스에서 창밖을 내다본 느긋한 시간들이 지금의 나로 이끌었는지도 모른다. 이런 작은 취향이 우리의 하루와 우리의 삶에 재미와 품위를 더한다. 그리고 내 취향에 대한 고집과 지지가 결국 삶의 만족도를 결정한다고 믿는다.

내 삶의 큰 방향을 이끌어 준 것이 싫음의 취향이었다면 나를 가장 좋은 상태로 만들어주는 건 사랑하는 것을 향한 분명한 취향이다. 요즘 내가 사랑하는 건 호젓하게 걸으며 눈에 들어오는 작은 것들을 보는 시간, 말 궁합이 좋은 누군가와 온갖 주제를 가로지르며 하는 대화, 그리고 나의 취향을 나누기 위해 글 쓰는 시간이다. 앞으로도 취향을 발견하고 나누는 삶이 나를 더 나은 나로 살 수 있게 해줄 거라 믿는다. 나는 삶의 큰 선택 앞에서 계속 흔들릴 테고 여전히 아침에 늦게 일어나겠지만, 어떤 사람들과는 결코 친하게 지내지 못하겠지만 내가 사랑하는 것을 그만두지 않고 지켜나가는 하루가 내 삶을 단단하게 받쳐줄 것이다.

내가 만난 청소년들에게, 싫은 것을 발견하고 받아들이는 시간을 거쳐 끝내 사랑하는 것을 찾고 그것을 지켜나가는 어른으

로 자라기를 바란다는 말, 내가 그들에게 가장 하고 싶었던 이
말이 결국 내 삶에 대한 격려였음을 이제야 깨닫는다.

해야 하지만 하기 싫은 것들 중
한 가지만 피해보기

실패한 취미 목록을 공유합니다

나의 여중여고 베스트 프렌드이자 베스트 술친구와 여차여차해 금주를 결심한 어느 날.

"이제 우린 뭘 하지?"

내 질문에 친구는 호기롭게 답했다.

"할 거야 많지!"

"그래서 뭐?"

"음… 차를 마신다거나…"

"뭐어?… 차? 너나 집에서 실컷 마셔." (내가 아직 차에 입문하기 전이었다.)

만나면 그날의 날씨에 어울리는 술부터 고르고, 술에 어울리는 음식을 즐기던 우리였기에 막상 술이 빠지자 생각보다 할 일이 없었다. 그러나 자고로 회사 밖의 시간만이 우리가 완벽하게 지배할 수 있는 시간이며 삶의 질은 바로 여기서 좌우된다고 주장하던 친구답게 곧바로 다른 걸 제안했다.

"술 마실 돈으로 우리 뭐 만드는 거나 신청해볼래?"

손재주가 좋은 친구는 전부터 봐둔 가죽 공방이 있다고 했다. 정규 과정에 등록하기 전 맛보기 클래스에 참여해볼 수도 있다고. 가죽 공예라… 단 한 번도 생각해본 적 없는 일이었지만 참가비가 우리가 통상 만나 마시는 술값의 반도 안 된다는 말에 흔쾌히 찬성했다.

(요즘처럼 각종 원데이 클래스가 유행하기 훨씬 전 일이라 요즘의 분위기를 생각하면 많이 다를 수 있으니 참고하고 들어주시기를.) 직접 경험해본 가죽 공예는 내 상상과 크게 달랐다. 공방 주인이자 오늘의 선생님인 한 남자가 몹시 피곤한 표정으로 들어왔다. 참가자도 의외로 남자가 많았다. 가죽 공예에는 정교함이나 미적 감각만큼 힘이 필요했다. 우리가 도전한 건 단순한 카드 지갑 만들기였다. 선생님이 미리 해둔 재단에다 우리는 가장자리를 두드리고 찍어 바늘구멍을 만들고 실을 꿰어 바느질을 해야 했다. 바느질이라니… 나는 수학보다 바느질을 먼저 포기한 바포자다. 중2 가사 시간, 블라우스 만들기 실습 때 손재주도 없는 데다 처

음 다뤄보는 터라 학교 재봉틀 바늘을 한 번 부러뜨린 일로 선생님에게 얼마나 구박을 받았던지… 그때 이후로 나는 웬만하면 바늘을 잡지 않는다. 그런데 가죽 공예의 주요 과정이 하필 바느질이라니 그것도 얇은 면도 아닌 이 두꺼운 동물의 표피를. 잊고 있던 트라우마가 올라오는 걸 느끼며 나는 여기저기 도움을 받아 최대한 대강 완성했다. 하지만 이미 재봉틀이나 손뜨개에도 소질을 보였던 내 친구는 그 일이 꽤 적성에 맞았는지 클래스의 정규반에 혼자 등록했다. 그러나 그리 오래가지는 못했다. 황당한 이유 때문이었는데 두드리거나 문지르는 등 힘을 써야 한다는 것까진 각오했지만 남성 비율이 높았던 수강생들이 공방 안에서 그렇게 담배를 피워댈 줄은 예상하지 못했던 것이다. 지금은 상상도 못 할 얘기다.

가죽 공예를 버리고 내 곁으로 돌아온 친구와 나는 또 다른 취미를 찾아 함께 살사 동호회에 나갔다. 나는 반복되는 스텝 연습이 지겨워 곧 시들해졌지만 친구는 직장에서도 책상에 앉아 상반신으로는 일을 하고 노는 하체로는 스텝을 밟으며 성실히 익혀나갔다. 그러나 막 초급을 벗어날 즈음 동호회 첫 엠티에서 과도한 군기 문화를 목격하고 우리는 결국 살사 동호회를 그만두었다. 그 후로도 각국의 문화원에서 여는 전통 요리 클래스를 기웃거리거나 책 모임에 나란히 참석해보기도 했지만 꾸준히 마음 붙일 것을 찾기는 어려웠다.

나는 다시 퇴근 후 술자리의 세계로 돌아갔고, 건강이 나빠지면서 금주에 성공한 친구는 시간이 많아져서인지 홀로 더욱 취미 생활에 매진했다. 여전한 실패담 속에서도 끝내 즐기게 된 취미도 있는 듯했다. 50세에 5개 국어를 하는 아줌마가 되고 싶다며 외국어를 배우는 근황을 들려주기도 했고 멕시코와 쿠바부터 인도, 유럽을 거쳐 이집트까지 세계 곳곳에서 여행 소식을 보내오기도 했다. 그리고 내가 마지막으로 전해 들은 친구의 취미는 속초 근처의 한적한 바닷가에서 바다를 바라보는 일이라고 했다. 명랑한 취미뿐 아니라 사색도 꽤 잘 어울리는 친구였기에 그런가 보다 했다.

몇 해 전 여름, 친구는 건강이 갑자기 악화돼 내가 10년 만에 새 집으로 이사하던 날 이 세상을 떠날 준비를 시작하더니 며칠 후 세상에서 가장 먼 곳으로 영원히 여행을 떠났다. 나보다 훨씬 일찍 자신이 원하는 걸 알고자 많은 공을 들였고 끝내 자기만의 방식으로 세상을 살아낸 친구, 호기심을 누르지도 취향을 숨기지도 않은 성실하고 용감했던 친구.

친구는 내게 수많은 처음을 선물했다. 내가 태어나서 처음가 본 사진전은 그의 로모 사진 동호회 졸업 작품전이었고 처음 '진정한' 남미 요리를 먹어본 것도 그의 몽골인 친구가 알바로 일하던 이태원의 어느 식당에서였다. 처음 본 뮤지컬도 그와 함께였고 교복을 입고 인사동 전통 찻집에 나를 데리고 간 것도 그였다. 거기서 모과차인가 인삼차를 마시고 있을 때 고등학생이 이런 곳도 오냐며 말 걸어준 대학생 오빠를 향해 마음이 설레본 것도 처음이었다. 싸이월드에 올린 오글거리는 내 글을 읽고 "네 글을 읽으면 힘이 나"라며 나를 처음 작가 대접해준 것도.

나는 친구가 자신의 취미를 위해 공들인 시간의 수혜자였다. 친구의 취미 편력은 선천적으로 약하게 타고난 건강 탓에 남들보다 조금 더 위태롭게 유지되는 삶을 충실하게 살기 위한 방법이었을 것이다. 친구를 멀리 보내던 날, 아직 남은 우리는 친구가 좋은 경험을 많이 하고 떠나서 다행이라며 서로를 위로했다. 선택과 실패를 주저하지 않고 자신에게 주어진 시간과 상황을 최대한 누리기 위해 애쓴 삶이 남은 자에겐 어떤 위로와 용기가 된다는 걸 나는 친구로부터 배웠다.

친구가 아직 내 곁에 있었다면 우리는 담배를 피워대는 공방이나 군기를 잡는 동호회 대신 깔끔하고 친절하며 맛만 보고 나올 수도 있는 '원데이 클래스'에서 우리들의 숨은 재능을 탐색

했을 것이다. 시작과 끝이 쉬운 만큼 더 많은 '실패 목록'을 갖게 됐을지도 모른다. 그러나 내 친구도 이것을 실패라 여길지는 잘 모르겠다. 친구는 모든 처음의 순간마다 다음을 생각하지 않고 성실히 경험했다. 얕은 경험마저 자신의 것을 찾아가는 과정이라고 여겼기 때문이리라. 나는 그런 친구 곁에서 이번에도 틀렸다며 투덜댔지만 이제 나도 내 것이 아닐 취미를 위하여 들인 시간이 아깝다고 생각하지 않는다. 카드가 들어가지 않는 카드 지갑과 몇 번 신지 않은 금빛 살사 샌들 속에는 실패의 경험뿐 아니라 친구의 성실한 탐구심과 우리가 함께 했던 시간이 담겨있기 때문이다.

친구와 함께 할 취미 목록 만들기

아직 배울 것이 남았다고
생각합니다

내가 엄마에게 가장 고마워하는 건 언니와 나를 지극정성으로 씻기고 먹여 키운 것이나 아빠로 인해 폭망할 뻔한 재테크를 나름의 정보력과 통찰력을 바탕으로 극적으로 살려낸 것이 아니다. 엄마는 어떤 순간에도 삶의 균형을 즐거움 쪽으로 유지하는 방법을 본능적으로 아는 사람이었고 그걸 실천하고 살았다.

엄마 삶에서 즐거움을 담당하는 커다란 축 중 하나는 단연 스포츠다. 엄마는 젊은 시절부터 농구, 배구, 야구, 축구 등 각종 스포츠팬이었다. TV 중계가 있는 날이면 아빠보다 더 오래 끝까지 시청했다. 그 당시엔 주부가 그렇게 다양한 스포츠를 좋아하는 게 흔한 일은 아니었다. 내가 중학생이 될 무렵부터는 보는 것을 넘어 직접 운동을 하기 시작했다. 처음엔 흔한 에어로빅 같은 걸로 시작하더니 점점 기술이 필요한 종목을 섭렵해나갔다. 가장 오래한 건 수영과 볼링이었지만 가장 하고 싶어 했던 건 축구였다. 얼마 전 아마추어 주부 축구단 이야기가 TV에 나오자 엄마는 무척 부러운 눈으로 이렇게 말했다. "내가 젊었을 때도 축구부가 있었으면 난 정말 거기 들어갔을 거야."

그러나 이제 60대 후반에 접어든 엄마에게 축구는 다소 위험한 운동이라 요즘 엄마는 80대 탁구왕을 꿈꾸며 탁구에 매진하고 있다. 일요일만 빼고 한 주에 여섯 번, 오전 두 시간씩 빠짐없이 치고 가끔은 오후에도 한 번 더 친다. 그런데 즐거움을 위해 택한 취미 치고 탁구는 스트레스가 만만치 않은 운동인 듯하다.

엄마는 운동 신경이 없는 사람이 아니다. 예전에 주부 볼링 대회에 나가 상품도 쏠쏠히 타왔던 걸 기억한다. 작은 체구지만 학창 시절에는 전국 체전까지 출전한 육상 선수 출신이다. 안타깝게도 10대 후반부터 키가 크지 않아 꿈을 접어야 했지만. 어쨌든 타고난 운동 신경이 좋은 엄마가 탁구 인생 4년차에 접어들어서도 여전히 어려워하는 건 참 안타깝다.

나는 탁구를 단 한 번도 쳐본 적 없지만 엄마 덕분에 포어핸드며 백핸드 같은 용어와 탁구장 분위기도 웬만큼 알게 됐다.

그중 가장 인상적인 건 탁구만큼 실력으로 철저히 레벨이 나뉘고 못하는 사람이 서러움 당하는 운동도 드물다는 것. 어떤 분야나 잘하는 사람이 대접 받는 거야 당연하지만 내가 엿들은 탁구장 풍경은 그게 유독 심한 운동 같다. 일단 초보의 공을 받아줄 사람이 없으니 굽신대야 하고 누군가 조금 받아줬다 싶으면 눈치껏 빠져줘야 한다. 아예 어느 정도 수준까지 올라오고 나서 오라며 초보를 반기지 않는 탁구장도 있는 듯하다.

이런 터라 빨리 실력이 늘면 좋겠지만 엄마의 실력은 여전히 오락가락, 중수 축에도 못 드는 것 같다. "오늘은 꽤 잘 쳤어"라며 신나게 근황을 전하는 날이 있다가도 한번씩 크게 좌절하곤 한다. 그날도 엄마는 시름이 가득한 표정으로 말했다.

"나 탁구를 그만둘까봐……."

"왜 또? 한동안 괜찮은 것 같더니."

"통 늘지를 않아. 재능이 너무 없어."

그날은 나도 잘 쓰는 작가들의 글에 위축된 데다 내 글은 써지지 않아서 의기소침했던 터라 엄마의 좌절이 내 일처럼 측은하게 느껴졌다. 글쓰기와 관련해서 이제 드디어 뭔가 좀 보이나 싶은 날이 있다가도 '아 역시 글쓰기는 재능의 영역이야' 싶은 날도 있다. 사실 이런 날이 대부분이다. 그런데 엄마의 탁구도 그런 모양이다. 내공 만렙 고수의 플레이를 볼 때 혹은 비숫하게 시작한 사람들이 앞으로 치고 나갈 때, 늘지 않는 자신이 초라하게 느껴지고, 언제쯤 잘하게 될지 기약도 없으니 지치고 서글프다. 이런 서글픔이 밀려오면 '내가 이 나이에 잘하게 된들 뭐할까' 싶은 최악의 마음으로까지 떠밀려 가는 것이다.

그러나 시름 가득 좌절한 다음 날도 엄마는 늘 탁구장에 간다. 엄마는 알고 있을 것이다. 잘 치는 날이 아니라 못 쳐도 버티는 날들이 실력을 키워준다는 사실을. 며칠 안 되는 잘 하는 날은 어쩌면 포기하지 않을 힘을 주는 잠깐의 진통제나 비타민 같은 것에 불과할지도 모른다. 엄마는 잊은 것 같지만 수영 때도 그랬고 볼링 때도 그랬다. 얼마나 자세를 못 잡는지 창피하다는 얘기를 내가 수 십 번은 들었으니까.

엄마는 육상 선수로, 생활 체육인으로 무언가 사랑하며 배우는 동안 어려운 시간이 자신을 키웠으며 잘 하는 즐거움만큼이나 못할 때 그럭저럭 버텨내는 것도 즐거움의 하나라는 사실을 알게 되었을 것이다. 엄마네 탁구장엔 80대 할머니도 탁구를 치러 나오신다고 한다. 얼마나 잘 치시기에 그 연세에도 탁구장에 나오실까 물었더니 아직 배울 것이 많은 초보시란다.

엄마가 경험하고 관찰한 바에 따르면 나이가 많아서, 먹고 살기 바빠서, 오늘은 너무 피곤해서… 수많은 '하지 않을' 이유

속에서도 해나가는 이들에겐 공통점이 있다고 했다. 아직 배울 것이 남았다는 단순한 생각으로 한다는 것. 완벽해보이는 고수들 중에서도 부족한 점을 찾아 꾸준히 레슨 받는 이가 오래 탁구장에 나온다니 말이다.

배울 것을 찾는 고수의 마음이란 그저 계속 하고 싶은 마음 아닐까. 배움은 싫증이나 슬럼프를 막기 위한 자기만의 장치일지도 모른다. 취미로 시작한 일이지만 자격증을 취득하거나 대회에 출전하는 사람들의 마음도 비슷할 것이다. 좋아하는 것을 더 깊이 알고 더 잘하고 싶은 마음, 무언가를 계속하는 힘은 결국 꾸준하고 절실한 애정과 그것을 유지하기 위한 적극적인 노력에서 나오는 것일지도 모르겠다.

가끔 집 안에서 엄마의 탁구공 소리가 들리면 안심한다. '엄마가 아직 포기하지 않았구나.' 엄마의 건강한 몸과 마음, 거기서 나오는 단순한 열정이 오늘도 나를 위로한다. 결코 쉬워지지 않을, 앞날이 명확치도 않은 내 삶을 이대로 쭉 살아가라고 응원한다.

덧, 엄마는 인내심이 많은 편이 절대 아니다, 나처럼. 이런 엄마가 밝힌, 한 가지 취미를 오래 즐기는 첫 걸음은 '남들 따라

하지 않기'라고 했다. 아무리 유행하거나 멋있어보여도 남들에게 보이기 위해 자기와 맞지 않는 취미에 시간을 들이느니 드러누워 드라마를 보는 편이 낫다고. 활동적이지만 진득함이 부족한 엄마는 젊은 시절 우아한 주부들 사이에 유행했던 각종 공예나 독서 모임 같은 정적이고 지적인 취미 쪽은 일찌감치 거들떠보지 않았다고 한다. 취미 생활도 역시 '나답게' 해야 오래 할 수 있는가 보다.

오랫동안 배우길 미뤄왔던 일 시도하기

마음에서 몸으로,
중심을 옮겨봅니다

눈치채기 힘들겠지만 나는 보기보다 여러 종류의 운동을 해봤
다. 나의 운동 이력을 아는 친구는 내게 '운동계의 얼리어답터'
라는 별명을 붙여주기도 했다. 그때그때 뜨는가 싶은 운동은
모두 시도해본 편이다. 피트니스와 수영, 요가나 필라테스처럼
비교적 흔한 운동은 물론이고 동네마다 우후죽순 생겼다 사라
지는 다양한 운동 클럽도 꽤나 드나들었다. 둥글게 배열된 운
동 기구들을 한 바퀴만 돌면 전신이 건강해진다는 30분 순환
운동과 초등학생 때나 타던 트램펄린 위를 방방 뛰는 점핑 다
이어트, 껌뻑껌뻑 현란한 조명 아래서 귀청과 심장이 동시에 터
지도록 사이클 페달을 밟는 그룹 스피닝까지. 도저히 운동하기

싫을 땐 재미와 효과 두 마리 토끼를 잡는다며 벨리 댄스와 살사 댄스를 배우기도 했다.

그러다 인생의 슬럼프에 접어들면서 한동안 운동을 끊고 지냈다. 목욕이 내게 '정상적인' 생활의 주요한 지표라면 운동은 '꽤 좋은 상태'임을 알려주는 증거다. 무기력에 빠지면 생존에 필요한 최소한의 몸놀림을 제외하고는 꼼짝하기 싫어진다. 마음은 빗장을 닫고 뇌도 비상사태를 감지하는지 에너지를 아끼라고 지시하는 듯하다. 그러다 슬슬 다시 몸을 쓰고 싶어진다는 건 에너지가 충전되어 여력이 생겼다는 뜻, 몸과 마음이 다시 마주 보기 시작했다는 뜻이다.

가벼운 산책을 시작으로 요즘 다시 내 버라이어티한 운동 생활에 시동이 걸렸다. 운동을 하루 중 특정 시간으로 분리해 생각했던 과거와 달리 지금 내게 운동이란 밥 먹기 아니, 최소한 책 읽기만큼 부담 없는 생활 밀착형이 되었다. 여기엔 내 친언니가 아주 큰 영향을 주었다. 우리 언니는 다이어트 교과서에 실어도 좋을 만한 인물이다. 미안한 말이지만 바람직하지 못한 사례로.

언니는 10대 시절부터 40대에 이른 지금까지 무엇이 본래 모습인지 모를 정도로 자주 몸이 변해왔다. 40킬로그램 대의 다소 앙상한 모습부터 그 두 배에 가까운 몸까지. 언니의 지난한 다이어트사를 생략하고 결론만 말하자면 지금 언니는 지독한 식이 요법을 통해 정상 범위의 체중에 도달했다. 그러나 경험상 식이 요법만으로 감량한 체중을 유지하는 건 어렵다는 사실을 절감했기에 운동을 꼭 해야만 했다. 그리하여 직장에 다니며 조카도 돌봐야 하는 언니가 선택한 운동은 1분 운동이다. 10분이 아니고 1분.

언니는 조카에게 카메라를 쥐어주며 자세를 촬영할 것을, 내겐 스톱워치로 1분을 재줄 것을 부탁했다. 조카는 귀찮아하고 나는 비웃으며 그 운동이 시작됐다. 아기가 기는 자세로 엎드리나 싶더니 종아리를 뻗고 '끙' 소리와 함께 둔중한 엉덩이와 배를 공중으로 들어 올렸다. 다시 한번 '끙', 시옷자로 솟았던 엉덩이가 내려가며 두꺼운 몸통이 수평을 이뤘다. 곧 팔뚝과 턱이 부들부들 떨렸다. '10초도 못 버티겠는걸.' 그러나 10초는 금방 지났다. 단 10초 만에 조카와 나는 귀찮음과 비웃음에서 응원 모드로 변해 진지하게 책임을 다했다. 언니는 무사히 1분을 채운 뒤 잠시 쉬었다가 한 번 더 1분, 그리고 또 쉬었다가 1분 총 3분을 해냈다. '플랭크'라는 운동이었다.

효과는 둘째치고 바들바들 떨며 집중하는 그 시간이 좋아 보였다. 집으로 돌아와 나도 언니를 따라 시작했다. 준비물은 스포츠 매트 한 장. 자세를 잡고 버티는 데 몇 차례의 실패를 거쳐 나도 최초의 1분에 성공했다. 곧 나의 집 한 편엔 오렌지색 운동 매트가 자리 잡았다. TV를 볼 때나 샤워하고 나와서 간단히 마사지를 할 때 무조건 매트 위에 앉는다. 매트 위에선 아무것도 안 하는 것보다 스트레칭을 하는 게 자연스럽다. 스트레칭은 시원하다. 서서히 몸이 풀린다. '1분만 해볼까?' 일단 시작만 하면 그만둘까 갈등하는 사이 운동이 끝난다. 보통은 1분을 성공하면 3분도, 10분도 쉽다고들 하던데 나는 진짜 1분씩만 할 때도 많다. 그래도 1분은 꼭 지키려고 한다. 보통은 1분씩 3세트. 그래 봤자 총 3분짜리 운동이지만 생활 속 운동 감각을 느끼는 게 좋다.

1분 운동이 좋은 이유는 진입 장벽이 낮아서이기도 하지만 1분이라는 짧은 시간 동안 몸과 마음의 주도권이 바뀔 수 있기 때문이다. 불안과 걱정이 많던 과거엔 마음과 몸은 별개라고 믿었다. 몸은 마음을 떠안은 껍데기에 불과하다고. 생각에 끌려다니느라 지금 이 순간 만져지고 느껴지는 몸에 관심을 기울일 여력이 없었다. 그러나 생각대로 되지 않는 마음을 포기하고 몸을 움직이기 시작하면서 몸과 마음은 분리되어 돌아가지 않는다는 사실을 깨달았다. 숲의 새소리와, 흙과 나무 냄새, 볼을 스치는 바람은 모두 몸의 감각을 통해 내 안에 스며 마음을 움직였다.

요즘은 오히려 몸이 마음을 압도한다는 생각을 자주 한다. 기분이 좋아져야 움직이는 게 아니라 움직이면 기분이 좋아졌다. 1분 운동은 몸이 마음의 문을 두드리는 시간, 생각만으로 사는 줄 알던 머리형 인간이 몸의 소리를 듣는 시간인 셈이다. 몸의 감각이 살아나면 좋은 점이 많다. 몸은 마음에 비해 보이고 만질 수 있기에 다루기가 수월하다. 인간의 정신력과 의지력을 그다지 신뢰하지 않는 나 같은 사람에게 아주 작은 투지만을 필요로 하는 1분 운동은 효과적이다.

여유로운 시간, 의미 없는 TV 소리를 흘려들으며 굳은 어깨를 풀어주고 팔뚝이며 종아리를 조물조물 문지르다 보면 운동까지 하고 싶어질 때도 있지만 스트레칭에서 끝날 때도 많다. 심지어 매트 위에 벌러덩 눕기만 해도 요가의 '시체 자세'이거니 운동하는 기분이 들어서 좋다. 쓰면 쓸수록 이건 운동을 싫어하는 사람의 기나긴 핑계같이 들리지만 확실히 말하건대 나는 운동을 좋아한다. 좋아하는 것과 꼭 친하다는 법은 없지 않은가? 친해지고 싶지만 왠지 거리가 느껴지는 그런 친구가 내겐 운동이다. 그래서 오늘도 나는 소파 대신 매트 위에 눕는다. 혹시 매트가 먼저 말을 걸어오지 않을까. 내일은 조금 더 친해지지 않을까!

오롯이 몸에 집중하는 시간을 위한
운동 동작 한 가지 정하기

좋아하는 펜으로 씁니다

"볼펜을 돈 주고 사는 사람도 있어요?" 누군가는 나의 필기구 예찬론 앞에서 이렇게 되물었다. 나와 많이 다른 우리 언니는 조카가 글씨를 쓰게 되기 전까지 집에 볼펜이 한 자루도 없었다고도 했다. 요즘 같은 스마트폰과 태블릿의 세상에선 과히 이상할 것도 없는 얘기지만 나로선 상상할 수 없는 일이다.

나는 언제 어디서나 틈만 나면 무언가 끄적거린다. 귀에 꽂힌 교향곡의 복잡한 제목을 잊을 새라 휘갈길 때도 있고 기획안의 주제가 한마디로 선명하게 요약될 때까지 여러 번 다시 쓰기도 한다. 끄적거림이 길어지면 종종 오글거리는 일기가 되기도 한다. 기분이 좋을 땐 '한 달에 3kg 감량'이나 '절대 금주' 같은 다소 무모해 보이는 계획을 야심차게 쓰고, 평온할 땐 지금이 얼마나 감사한 순간인지, 일상의 조화로움과 아름다움에 대해 쓴다.

우울할 땐 쓰기가 더 큰 효과를 발휘한다. 현재의 기분을 들여다보듯 묘사하다보면 엉켜있던 생각이 펜 끝에서 갈래갈래 흘러나온다. 종이 위에 펜을 움직이는 동안 머릿속의 추상이 실체를 드러낸다. 감사한 것과 아름다운 것이 요소요소 선명히 드러나고 음산한 안개 같던 부정적인 감정의 뿌리가 실체를 드러낸다. 쓰기는 보이지 않는 것을 보이도록 만드는 기술이다.

이런 일엔 타이핑보다 손글씨가 효과적이다. 내게 손으로 쓰기는 어쩌면 글쓰기보다 그리기에 가까울지도 모르겠다. 선과 면, 색이 아닌 단어로 이뤄진 그림이랄까. 머릿속에 흩어진 언어를 자유롭게 펼쳐놓기엔 모니터보다 종이가 자유롭다. 왼쪽에서 오른쪽, 위에서 아래로 문장을 한 방향으로 밀어내는 타이핑에 비해 손으로 쓰기는 종이의 사방을 마음껏 활용하여 아직 문장조차 되지 못한 생각의 파편을 꺼내놓기에 좋다.

때로는 색을 입히고 번호를 매기거나 아예 이미지를 그릴 때도 있다. 슬픈 날 하염없이 바라본 강물의 위로를 끝내 언어로다 표현하지 못해 커다란 느티나무와 반짝이는 강을 그려 넣은 적도 있다. 비록 완성된 그림은 초록색 파라솔처럼 보였지만.

이런 내게 필기구는 중요한 소지품이다. 특히 펜은 늘 쓰는 것만 쓴다. 종이야 급한 김에 커피 영수증이나 냅킨 위에도 잘 쓰지만 펜만큼은 아무거나 쓰지 않는다. 그립감이나 심 굵기는 물론이고 점도도 중요하다. 펜은 잉크의 종류에 따라 유성펜, 수성펜, 중성펜으로 나뉘는데 각각 잉크의 점도가 달라 필기감에도 크게 차이가 난다. 점도가 가장 낮은 수성펜이 사각사각 깔끔하고 산뜻한 느낌이라면 유성펜은 빠르고 부드럽게 치고 나가기에 적합하다. 우리가 흔히 볼펜이라고 부르는 것이 유성펜이다. 막힘없이 술술 머릿속의 생각을 적기 위해서는 깔끔함보다 유연함이 중요하기에 나는 유성펜을 쓴다. 색은 검정, 빨강, 파랑이 하나의 홀더에 들어간 3색 펜을 쓴다. 다이어리 한 권에 외부 스케줄, 할 일, 아이디어 등 다양한 종류의 내용을 적기 때문에 중요한 걸 한눈에 놓치지 않으려면 색에 변화를 주어 정리해야 한다. 심 굵기는 0.7. 깔끔한 정리를 좋아하는 사람들은 0.38과 0.5를 선호하지만 쓸수록 필요 이상 손에 힘이 들어가는 느낌이 들어, 내겐 맞지 않는다.

내가 지금 쓰는 3색 펜의 가격은 만 원 정도다. 볼펜 치고는 다소 비싼 편. 중요한 서류에 사인하는 비즈니스맨의 만년필도 아니고 그깟 볼펜 한 자루에 참 유별나게 신경 쓴다는 말이 나올 법도 하다. 볼펜을 돈 주고 사는 사람도 있냐는 말처럼 잉크만 나오면 잡히는 대로 쓴다는 사람도 있을 것이다. 우리 집에서도 지난번 이사할 때 판촉용 볼펜이 수두룩하게 쏟아져 나왔다. 하지만 그런 볼펜으로 급한 메모 외에 뭔가를 '쓰려고' 하지는 말자. 쓰기 자체가 싫어질 수도 있다.

방송 녹화 직전, 출연자분들이 급히 볼펜을 빌려달라고 하는 경우가 많다. 잘 돌려주시는 분이 대부분이지만 정신없는 녹화 후 볼펜 한 자루쯤은 어디에 뒀는지 까맣게 잊는 분들도 있다. 거기에 대고 찾아내라고 쫓아다니기도 그렇지 않은가? 그래서 나는 내가 좋아하는 볼펜만은 빌려드리지 않는다. 볼펜이 내 손에 들려있을 때조차 양해를 구하고 따로 챙겨 다니는 판촉용 볼펜을 내어드린다. 손에 나만의 펜이 들려있지 않으면 무언가 적는 것이 꺼려진다. 적을 거리를 머릿속에 외워두려는 시도는 대부분 실패로 돌아간다.

'쓰면 이루어진다.' 신비주의나 성공학에 자주 등장하는 말이다. 암시의 힘이 작용하거나 간절함이 우주에 닿아서? 내게도 이런 기적이 이루어진 적이 있었던가? 쓰기만으로 뭔가가 이뤄진 적은 한 번도 없다. 그러나 작게나마 내가 이룬 것이 있다면 모두 쓰기에서부터 시작되긴 했다. 작게는 '살구꽃 개화 임박… 주말엔 꼭 뒷산에 갈 것.' '회식, 2차는 빠질 것.' 같은 사소한 다짐부터 크게는 진지한 목표나 닮고 싶은 삶의 태도를 쓰기도 했다. 우울할 때 쓰기가 혼돈을 털어내는 일이라면 어떤 메모는 머릿속에 떠도는 말을 마음에 각인하는 일이기도 하다. 책을 읽거나 산책 중에 떠오른 영감, 잠결에 번뜩 스치는 생각을 흘려보내지 않고 펜을 들어 종이 위에 새기고 나면 어쩐지 내 삶도 이 긍정적인 문장을 따라갈 것 같달까. 노트에 모아둔 생각들이 맥락을 갖추면 노트북을 열고 마침내 긴 글을 쓰고 싶어지기도 한다. 글을 쓰고 나면, 이제 그 글과 닮은 사람이 되고자 노력해야 한다. 이러니 '쓰면 이루어진다'는 말은 내게 기적이라기보다 자연스러운 삶의 과정에 가깝다.

나는 오늘도 내 3색 볼펜을 들고 쓴다. 기적은 이뤄지지 않아도 괜찮다. 그저 쓰는 순간이 즐거우면 그것으로 족하다. 아무 말이라도 쓰고 싶어지도록 내게 꼭 맞는 펜 한 자루와 적당히 사각거리고 미끌거리는 노트. 내 하루를 풍성하고 윤택하게 만들어주는 건 대게 이렇게 가까운 곳에 아주 작게 존재한다. 이 볼펜으로 써 내려갈 하루들이 부디 안녕하기를, 여러분께도 그런 펜이 한 자루쯤 생기기를.

이루고 싶은 것을, 펜으로, 손으로 쓰기

일요일 밤의 다이어리

나의 첫 다이어리는 중학생 때 학습지를 신청하고 받은 시스템 다이어리였다. 은색 고리에 스케줄러, 메모장, 주소록이 끼워진 단순한 형태였다. 첫 장에 떨리는 손으로 내 이름을 쓰고 나니 별로 적을 게 없어 난감했던 기억이 난다. '삶이 그대를 속일지라도…' 같은, 희망을 주는 문구를 옮겨 적거나(이게 푸시킨의 그 유명한 시라는 사실은 나중에 알게됐다.) 주소록에 친구들의 이름과 주소, 전화번호와 혈액형을 썼다. 혈액형은 도대체 왜? 누굴 제일 첫 칸에 쓸지, 친구 이름을 적는 순서를 놓고 무척이나 고민했던 것도 기억난다.

다이어리를 예쁘게 꾸미는 '다꾸족'이 요즘 유행이라는데 당시에도 중학생의 다이어리는 스케줄러라기보단 '자신을 드러내는 도구'에 가까웠다. 좋아하는 연예인 사진으로 도배하거나 패션 잡지에서 마음에 드는 스타일을 오려 붙이고 해설을 달아 다른 반에서까지 구경 오게 만들던 친구의 다이어리도 있었다. 자의식 과잉에 유치했지만 자신에 대한 관찰과 고민이 깊었던 시기가 아닌가 싶다.

스무 살이 되고부터는 어린 시절의 다이어리 따위는 잊고 지냈다. 먹고 마시고, 직업을 갖고 적응하느라… '남들처럼' '남들만큼' 사는 것이 어른이 되는 길이라 믿는 동안 정작 나에 대한 관심은 흐려졌다.

한동안 잊고 지낸 다이어리를 30대에 들어서서 다시 찾은 건 지극히 사무적인 필요 때문이었다. 일이 늘면서 스케줄을 한눈에 관리할 도구가 필요했다. 얼마나 일하고 성과 내는지 살피기 위해 자그마한 수첩에 스케줄과 '할 일' 리스트를 빼곡히 적으며 나를 몰아갔다. 외국어, 운동, 동호회… 약속 없는 주말엔 불안함을 느끼기도 했다. 가장 열심히 바쁘게 살 때였지만 거기에 정작 나 자신은 빠져있었다. '내가 아닌 무언가'가 되고자 했던 날들. 내가 아닌 내가 되자니, 애초에 불가능한 일이었다.

방향이 잘못됐음을 깨달을 때쯤 나의 첫 다이어리가 떠올랐다. 내가 좋아하는 걸 적는 것만으로 충분했던 다이어리. 그때부터 나는 다이어리를 새로 쓰기 시작했다. 지금은 어릴 때처럼 다이어리를 예쁘게 꾸미지는 않는다. 플래너와 일기, 메모를 두루 겸하는 꼭 필요한 노트일 뿐이다. 그렇다고 나라는 사람의 취향이 드러나지 않는 것은 아니다. 다음은 내가 다이어리를 고르는 기준과 활용하는 방법이다.

다이어리에 대해 포기할 수 없는 몇 가지 조건이 있다. 우선 크기가 가장 중요하다. 일반 공책보다는 작아야 하지만 세로로 길거나 손바닥만큼 작은 사이즈는 곤란하다. 공책처럼 펴고 쓰는 일이 잦기 때문. 종이 질은 두말하면 잔소리. 셋째, 자잘한 영수증이나 명함을 꽂아둘 포켓이 있을 것. 구성 면에선 데일리, 먼슬리, 위클리 중 주간 단위로 기록하는 위클리를 선호한다. 단, 한눈에 볼 수 있는 월간 스케줄러가 앞에 먼저 나와야한다. 끝으로 동물이나 인형 같은 캐릭터가 인쇄되어있어선 안된다. 아무리 귀여운 것이라도. 커버는 딱딱한 것보다 부드러운 것이 좋다. 하드커버에 비해 휘고 해지지만 바로 그래서 좋다. 저절로 기록되는 시간의 흔적이니까.

이러한 조건을 만족하는 나의 다이어리는 '몰스킨 위클리 라지 소프트 커버'다. 라지라고는 해도 그다지 크지 않다. 일적으론 섭외와 강의가 큰일인데 한눈에 섭외 현황과 강의 스케줄을 확인할 수 있는 월간 스케줄 표가 딸려 있어 좋다. 하루에 한 장씩 채워야 하는 데일리는 헐렁한 스케줄로 여백 많은 삶을 사는 나로선 늘어가는 공백이 은근히 부담스럽다. 어쩌다 하루, 이틀… 아니, 사나흘 건너뛸 수도 있는 게 다이어리 아니던가.

위클리는 왼쪽 한 면을 일곱 칸으로 쪼개고 오른 면엔 자유로운 메모 칸을 두었다. 데일리가 일주일에 일곱 쪽을 할애한다면 위클리는 일주일에 두 쪽씩 제공한다. 왼쪽 요일별 칸엔 그날의 일과와 하고 싶은 일을 적는다. 그리고 하루가 끝나면 두세 줄로 오늘을 정리한다. 'O 과장의 제안을 거절했다. 후련하다' '출판사 피드백을 받았다. 생각보다 나쁘지 않아 다행이다'라거나 '야식 먹고 잤더니 악몽을 꿨다'처럼 하루 중 가장 강렬한 기억을 간단히 적을 때가 많다. 굵직한 하루의 사건을 적는 것만으로 내 삶이 어떤 방향으로 흐르는지 보인다. 오른쪽엔 조금 더 긴 일기를 쓰기도 하고 읽은 책 요약이나 아이디어 등 잡다한 걸 적는다. 한 쪽으론 부족해 가장 큰 사이즈의 포스트잇을 여러 장 더해 붙이다 보면 다이어리는 샤프하던 원래 모습을 잃고 곧 뚱뚱해지고 만다. 겉으로 보기엔 똑같이 빼곡하지만 서른 살의 다이어리와 가장 크게 달라진 점은 남들이 보기에 중요한 것을 줄이고 내게 중요한 것을 쓴다는 점이다.

나의 위클리 다이어리는 일요일에 쓰임이 크다. 일요일 저녁 식사가 끝나면 월요병의 전조가 나타나기 전에 다이어리를 편다. 새롭게 주어진 깨끗한 오른 면에 그 주의 계획을 적는다. 물론 이 계획을 전부 지키는 건 아니지만 일단 쓰고본다. 하나만 지켜도 남는 장사라는 넉넉한 인심으로. 할 일뿐 아니라 어떤 한 주를 보내고 싶은지도 쓴다. 말하자면 미리 쓰는 일기 같달까. 부담스러운 미션을 앞뒀을 땐 지금 느끼는 두려움에 대해서도 쓴다. 일주일 뒤 웃으며 다시 펴볼 수 있기를 바라면서. 나의 한 주는 이렇게 깨끗한 다이어리의 새 페이지와 함께 시작된다. 위클리가 아닌 데일리를 쓰는 사람이라면 매일 저녁, 먼슬리라면 매 달 마지막 날 이 작업을 하면 된다.

매일 쓰다보니 콘텐츠는 제한적이며 반복적이다. 일 년에 며칠을 빼고는 거기서 거기인 날들을 나는 왜 기록할까? 내게 기록은 곧 관찰이다. 내게 주어진 하루를 들여다보고 발견하는 동안 일상의 기술이 정교해진다. 일상의 기술이란 '할 일' 리스트를 많이 처리하는 능력은 아니다. 무엇을 하건 생활의 주인인 '나'를 놓치지 않기, 하고 싶은 것은 무엇인지 무엇 때문에 주저하는지 살피기, 그리고 눈여겨보지 않으면 잊히고 말 평범한 시간의 기쁨과 의미를 발견하는 기술이기도 하다.

하루를 관찰하다보면 새롭게 보게 되는 것이 있다. 아침의 짧은 스트레칭, 점심 식사 후 잠깐 걷는 산책처럼 의미 없어 보이는 작은 순간의 힘을 깨닫는다. 발견은 격려를 낳고 격려는 반복할 힘이 된다. 매일 스트레칭을 한 사람의 몸에 보이지 않는 속근육이 붙듯 하루를 살아내는 방법에도 잔잔한 근육이 붙는다.

평범한 날들이 빼곡히 적힌 이 자그마한 노트 한 권의 위로는 생각보다 크다. 나는 특별한 무엇이 되지는 못했지만 최소한 내게 주어진 시간을 성실히 사랑한 사람만은 될 수 있다. 많은 것을 할 수 있게, 또 많은 것을 하지 않을 수 있게 해준 내 다이어리가 좋다.

내 손의 감각, 라이프스타일에 딱 어울리는
다이어리 고르기

음식과 사이좋게 지냅니다
간헐적 단식 도전기 (1)

생활에 적당한 긴장감을 유지하기 위해, 한번씩 몸과 마음을 새
롭게 세팅할 작은 장치를 마련하곤 한다. 평소 습관에 도전하
는 조금 어려운 미션을 스스로에게 주는데 이렇게 의식적으로
돌아보지 않으면 그저 습관대로, 살아지는 대로 사는 나를 제어
하기 어렵기 때문이다. 간헐적 단식은 그 미션들 중 하나였다.
이야기가 길어질지도 모르겠다. 음식과 관계가 틀어지기 시작
한 때로 거슬러 올라가야 하기 때문이다.

끼니때마다 기다렸다는 듯 밥을 먹고 돌아앉아서 또 먹던 혈
기 왕성 청소년 시절에도 내 몸엔 군살이 거의 붙지 않았다. 스
무 살 때까지의 얘기다. 어릴 때 나는 엄마의 삼시 세끼 밥상 외

엔 라면 한 번 끓여 먹는 일이 드문 식습관 모범생이었다. 우리 집은 평범한 서민 축에 속했지만 엄마는 먹는 것에만은 까다로운 전업주부였다. 가족들에게 깨끗하고 좋은 음식을 챙겨주려는 의지가 강했고 가족들 입으로 들어가는 음식에 대한 컨트롤도 심한 편이었다.

심신이 고달픈 고등학생 시절, 오전 수업밖에 없는 토요일마다 엄마가 차려주시는 점심 식사는 내 삶의 유일한 낙이었다. 가장 설렜던 메뉴는 채소 듬뿍 카레라이스, 숭덩숭덩 썬 돼지고기 김치찌개, 삼겹살과 파무침이었다. 밥 한 공기를 넘게 먹고서 바로 두꺼운 이불을 덮고 달콤한 낮잠에 빠지는 것이 그 시절 나의 주말 루틴이었달까. 엄마의 음식은 늘 푸짐했고 과일이나 감자, 고구마 같은 간식도 야무졌지만 나는 배고플 때마다 양질의 음식을 잘 먹고 밤엔 잘 잤다.

그러다 대학에 입학하면서 나는 갑자기 바깥 음식에 노출되었다. 게다가 당시는 편의점이 늘어나기 시작한 무렵이었다. 내가 사는 아파트 단지에도 슬리퍼로 걸어 나갈 수 있는 거리에 편의점이 들어오기 시작했다. 선배들과 어울려 술 마시고 귀가하던 길, 헛헛한 위장과 마음을 달래기 위해 편의점에 들러 냉동 만두나 샌드위치 같은 걸 사 먹던 기억이 또렷하다. 편의점 가공식품에는 종류를 불문하고 야릇한 향이 배어있었다. 시큼함이라고 하면 맞을까? 샌드위치조차 마요네즈로 버무려진 양상추에서 톡 쏘는 맛이 났다. 몹시 불량한 맛이라고 느꼈지만 불량함이란 원래 매력을 동반하지 않던가. 그때부터 내게 음식은 24시간 '아무 때나 먹는 것', 가장 손쉬운 오락거리가 되었다.

그렇게 서서히 불어가던 몸이 다시 한번 증가한 계기는 30대 초반 업무 환경상 밤낮이 바뀌면서부터였다. 늦은 오후에 출근해 자정이 지나서 일을 마치고 돌아오면 내겐 잠 오지 않는 긴 밤이 남아있었다. 시간을 그럭저럭 보낼 수 있는 쉬운 방법이 떠올랐다. 스무 살에 경험했던 그 불량스러운 맛과 즉각적인 쾌감은 10년이 넘도록 잊히지 않고 있었다.

그날도 똑같은 하루였다. "저 먼저 들어가 보겠습니다." 여느 때와 똑같은 일과를 끝내고 동료들에게 수선스럽게 인사를 한 후 뒤돌아서자마자 애써 올렸던 입꼬리가 내려가며 심장이 툭 떨어지는 것 같다는 느낌을 받았다. 돌아보면 그 시절 나는 가벼운 우울증을 앓았던 게 아닌가 싶다. 특별한 문제가 있었던 건 아니다. 여느 30대들처럼 내게도 불확실한 커리어나 연애처럼, 겪고 넘어가야 할 문제가 있었을 뿐이다. 그날부터 퇴근길마다 집 근처 편의점에서 맥주와 함께 그때그때 당기는 음식을 골라 집에 들어갔다. 컵라면, 핫바, 햄버거, 만두… 내 하루의 유일한 휴식이자 시간을 가장 잘 흘려보낼 수 있는 도구들이었다.

깊은 밤, 음식을 우물거릴 때만큼은 무언가 잘못됐다는 내면의 목소리를 외면할 수 있었고, 이런 약한 내 모습을 들킬 염려도 없었다. 날마다 뱃속은 부글거리고 얼굴은 점점 푸석푸석 부어갔지만 또다시 밤이 오길 기다렸다. 한밤중의 불량한 과식은 다음 날 식욕과 의욕을 모두 떨어뜨렸다. 오후 서너 시까지 입맛이 없었고 아무것도 하기 싫었다. 어쩌면 아무것도 하지 않기 위해 안 좋은 컨디션을 핑계 삼았는지도 모르겠다. 음식은 현실의 혼돈을 잊게 해주는 도피처였다. 무기력하게 늘어져 있다 출근하면 다시 혼자되기만을 기다렸다. 나는 술이나 담배에만 중독되는 게 아니라는 걸 일찌감치 알았다. 내가 먹는 것들은 모두 높은 탄수화물 비중에 해로운 지방이 더해져 고칼로리를 자랑했고, 계속해서 그 패턴을 요구했다.

저런 식으로 몇 개월이나 살았을까, 아니 몇 년? 이상하게도 저 시기에 대해선 명확한 기억이 없다. 시간이 흘러 생활 패턴이 바뀌면서 밤에 혼자 먹는 일은 줄었지만 잦은 다이어트를 겪는 동안 음식에 대한 애증은 여전히 남아있었다. 내게 음식은 너무 사랑하지만 멀리해야 할 것, 멀리하는데도 여전히 나를 옭

아매는 것이었다. 어릴 때 순수한 우정으로 큰 기쁨을 나누던 친구와 오해가 쌓여 멀어져버린 기분이랄까. 운동도 좋고 식욕 억제제도 좋지만 나는 무엇보다 내가 그토록 사랑했던 음식과 다시 친해지고 싶었다. 너무 멀지도 가깝지도 않게 다시 잘 지내보고 싶었다.

내게 간헐적 단식은 음식과 적당한 거리를 두면서 관계를 회복해나가는 과정이었다. 무엇도 먹지 않는 시간을 지키면서 깨달은 건 열여섯 시간 공복이 나은지 열여덟 시간 공복이 나은지 혹은 인슐린 민감성이 얼마나 중요한지 따위가 아니었다. 그저 식습관에도 루틴이 필요하다는 것. 그 단순한 일상성이 건강한 식이의 기본이라는 사실이다. 먹는 것은 생존을 위한 가장 기본적인 행위다. 비밀스럽게 탐식하거나 정을 떼려는 듯 멀리하거나… 이 모두 비일상적이며 비정상적이다. 이런 사람들은 먹는 시간과 먹지 않는 시간을 철저히 분리하는 것만으로도 규칙적인 식습관을 만들 수 있다.

그동안의 다이어트는 음식량을 줄이거나 운동으로 대사량을 늘리는 데 초점이 맞추어져 있었다. 음식을 자연스럽게 먹기보다 종류를 철저히 제한하고 적은 양을 매끼 나누어 먹게 한다. 이렇다 보니 모든 다이어터들의 소원은 먹고 싶은 걸 먹으면서 살 빼는 것이 되었다. 간헐적 단식도 자칫 이런 욕구에 부합하는 다이어트법으로 비칠 가능성이 있다. 그러나 간헐적 단식의 핵심은 단식하지 않는 시간 동안 무엇이든 원하는 만큼 먹을 수 있다는 것이 아니다. 먹는 시간과 먹지 않는 시간을 구분해 일정 시간 동안 음식과 거리를 유지하는 것이다.

나의 목표는 날씬해질 때까지 혹은 건강을 위해 평생 간헐적 단식을 계속해나가는 것은 아니다. 궁극적으로는 배가 고플 때 먹고 싶은 만큼 먹고 소화가 끝나 다시 배가 고파지면 먹는 것. 음식 앞에서 이기지도 지지도 않고 '먹는 그 단순한 기쁨'을 회복하는 것이다. 공복 시간을 체크하지 않아도 몸이 요구하는 양을 자연스럽게 먹고 건강했던 십 대 시절의 내가 그랬듯이 말이다.

언제 먹고 싶은지 관찰하기

공복으로 나를 들여다봅니다

간헐적 단식 도전기 (2)

이제부터 쓰려는 이야기는 간헐적 단식에 대한 자상한 가이드나 내 체험의 흥망성쇠 기록이 아니다. 그저 내가 얼마나 먹는 것에 지배당하고 있었는지 깨달은 기록이며 '밤에는 먹지 않는다' 정도의 간단한 습관조차 익숙해지기란 얼마나 어려운지 그럼에도 습관 바꾸기라는 도전을 계속 해야 하는지 고민한 흔적이기도 하다.

간헐적 단식이란 간단히 말해 자신이 정한 기간 동안 몸을 공복 상태로 유지하는 것이다. 일정 시간 이상의 규칙적인 공복이 건강에 좋다는 주장을 전제로 하며 다이어트 방법으로도 꾸준히 유행하고 있다. 다이어트가 필요했던 데다 가볍고 욕심 없는 삶을 지향하는 내게 어울리는 개념이었다. '공복이라… 그래, 그 기분이 뭔지 나도 한번 느껴보자고!' 2018년 말, 그렇게 나의 간헐적 단식이 시작됐다. 시작할 때의 가벼운 마음과 달리 이 작은 장치는 내 생활을 꽤 크게 바꾸어놓았다. 나의 하루는 생각보다 더 많이 먹는 것에 지배 받고 있었다. 식사를 살피는 건 곧 일상을 보살피는 일이었다.

간헐적 단식에는 일주일에 닷새를 평범하게 먹고 이틀 굶는 5 : 2 단식이나 격일 단식 등도 있지만 나는 매일 일정한 시간 먹고 일정 시간 공복을 유지하는 단식을 선택했다. 내 생활 패턴을 고려해 매일 여덟 시간 안에 먹고 열여섯 시간 동안 금식하는 16 : 8 단식이었다. 저녁 일곱 시 전에 식사를 끝내고 다음 날 오전 열한 시까지 금식해야 한다. 아침만 건너뛰면 되는 것 아닌가? 그리 어려울 것도 없다고 생각했다.

아침을 건너뛰는 건 할 만했지만 긴 밤이 문제였다. 저녁 일곱 시쯤 식사를 마치면 매일 밤 내겐 난감하리만큼 긴 공백이 주어졌다. 그동안 얼마나 먹는 것과 관계된 일로 밤 시간을 보냈는지, 먹지 않으니 알게 됐다. 저녁 약속이 있다는 건 2차, 3차 자리를 옮겨가며 새벽까지 먹는다는 걸 의미했고 집에선 야식에 톡 쏘는 맥주 한 잔을 곁들이는 게 하루의 큰 즐거움이었

다. 먹지 않으니 내겐 할 일이 사라졌다. '그동안 이 긴 시간을 나는 먹으며 보냈구나.'

식단에는 큰 제한을 두지 않았다. 생각 없이 섭취하게 되는 탄수화물을 의식적으로 줄이는 정도. 기록을 좋아하는 사람답게 다이어리 한 켠엔 그날 먹은 음식을 적었는데 식단 일기를 꾸준히 써보니 주의를 기울이지 않으면 탄수화물이 압도적인 식사를 한다는 사실을 알게 됐다. 빵으로 점심을 먹고 간식으로 쿠키나 과일을 먹은 뒤 저녁에 파스타… 약속이라도 있는 날엔 탄수화물을 너무 많이 먹었다. 탄수화물 집중을 막기 위해 식단에 달걀이나 두부, 고기나 생선을 꼭 곁들이고 그만큼 탄수화물을 덜어내 균형 있게 먹으려 노력했다.

내게 간헐적 단식은 단순히 일정 시간 굶는 게 아니었다. 일정 시간 아무거나 먹는 것도 아니었다. 언제 왜 무엇을 먹고 싶은지, 결국 무엇을 먹는지, 나를 들여다보는 일이었다. 끊임없이 흔들렸다. 아무 때나 아무거나 먹으려는 관성에 맞서 지기도, 이기기도 했다. 이제는 공복의 느낌이 제법 익숙해졌나 싶다가도 돌연 위기가 찾아왔다. 내 주변에 먹을거리가 이렇게 넘쳐나는 줄을 나는 미처 모르고 살았다. 퇴근길 버스 정류장 근처만 해도 수많은 음식이 널려있다. 떡볶이 포장마차가 열

곳 정도 줄지어 있고 포장마차 뒤로는 편의점과 빵집이, 건물들 뒤로는 먹자 골목이 펼쳐진다. 늦은 밤 스트레스 받고 피곤한 몸을 이끌고 퇴근하는 길은 매번 고비였다. 버스가 도착해 얼른 올라타며 한숨 돌려봐도 복병은 끝나지 않는다. 24시간 음식점들과 언제 가도 반갑게 맞아주는 맥도널드가 버스 창밖으로 스친다. 어쩐지 상냥하고 따뜻해 보이는 식당의 불빛들… 먹지 않기보다 먹기가 훨씬 쉬운 환경임이, 먹지 않으니 보인다. 나는 내가 지갑을 열고 닫는 주체적 소비자인 줄 알았지만 사실은 먹으라고 부추기는 자본 시스템에 노출된 약자였다. 그리고 유혹은 결코 끝나지 않는다. 매번 참아 넘길 뿐이다.

그렇게 어렵게 4주를 보냈다. 체중이 3킬로그램 줄었고 무엇보다 일상의 효율이 커졌다. 그동안 먹거나 먹고서 후회하는 데 너무 많은 시간과 에너지를 썼다는 걸 알게 됐다. 먹지 않으니 밤은 무척 길었고 나는 할 일을 만들어내야만 했다. 이때 나는 매일 밤 긴 일기를 썼고 공복 동안 민감해진 몸과 마음은 나의 일상과 하루에서 전에 못 보던 것들을 발견하게 해주었다. 그것은 결과적으로 이 책의 작은 시작이 되기도 했다.

안 먹을 때의 기쁨도 배웠다. 먹을 때의 즉흥적 쾌락만큼이나 고요 속에 느끼는 공복의 즐거움도 컸다. 음식을 우물거리거나 소화시키는 수고가 필요 없는 텅 빈 시간 동안 나는 비로소 내 몸과 마음을 있는 그대로 돌아보게 됐다. 몸에 저항하는 굶기는 오래가지 못한다는 사실도 체험했다. 내 경우 간헐적 단식을 하면서 자연스레 먹는 양이 줄긴 했지만 엄밀히 말해 간헐적 단식은 몸에 음식을 박탈하여 칼로리를 제한하는 다이어트는 아니다. 먹을 때 양질의 식사를 해야 한다. 그 만족감과 성취감이 공복을 버틸 힘이 된다. 단식 후 폭식 또한 좋지 않다. 내 경우 단식 직후 전보다 많이 먹지는 못했다. 단식이 일주일쯤 지나니 위가 줄어드는 게 확연히 느껴졌다.

무엇보다 아침의 가벼운 몸과 마음이 간헐적 단식의 가장 큰 기쁨 아닐까. 공복 덕에 밤 사이 휴식에만 집중한 몸과 마음으로 나는 매일 아침 산뜻한 기분으로 하루를 시작할 수 있었다. 아침마다 깨끗한 도화지를 선물 받은 아이가 된 기분이었다.

이후로도 나는 간헐적 단식을 계속 하고 있다. 시작할 땐 석달쯤 지나면 습관이 되어 더 이상 밤의 공복을 어렵게 참지 않아도 될 거라고 믿었다. 하지만 그렇지는 않았다. 다음은 간헐적 단식 기간 중 쓴 일기의 한 부분이다.

1220(목)

무너지고 싶다. 이제 적응되어 제법 할 만한 것 같다가도 유

혹은 틈만 나면 찾아든다. 배고픔은 익숙해질 수 없는 감각이라는 걸 인정해야겠다. 뇌는 쾌감의 경험을 잊지 않고 끈질기게 부추긴다. 그전처럼 즐기라고. 사는 것과 비슷하다는 생각이 든다. 살 만하다 싶은 순간도 제법 있지만 별 이유 없이 한번씩 무너지고 싶은 시간이 찾아오고, 그런 날도 이런 날도 모두 살아내야 하는 것처럼 일상의 이 작은 규칙에도 영원한 안정이란 없는 것 같다. 계속되는 갈등을 그저 계속 겪어내는 것, 삶과 단식의 공통점이다. 그러나 의식적으로 들여다보면 어떤 시간들을 견디기 쉬워진다. 배고픔이든 마음속 깊은 슬픔이든, 피하는 것보다 대면하는 편이 낫다. 바라보는 것만으로 어떤 고통은 순해진다. 나는 내가 우연히 간헐적 단식을 시작한 줄 알았지만 내면엔 반드시 필요하다는 요구가 숨어있었던 것 같다.

하루에 먹는 음식 중 탄수화물 한 가지 줄이기

목표 앞에서 조금은 뻔뻔해집니다
나의 간헐적 단식 도전기 (3)

나는 많은 부분이 취약하지만 특히 의지력이 독보적으로 약하다. 해마다 매일 운동하거나 스마트폰 오래 보지 않기 같은 목표를 세워보지만 지속하기는 어렵다. 습관 개선에 관한 책이나 강의도 많이 읽고 들었다. 개중엔 의지만 부르짖는 게 아니라 뇌 과학에 기반해 논리적으로 접근하는 훌륭한 조언도 많았다. 목표를 낮게 잡으라거나 2주만 버티면 된다거나, 매일의 성취 후 확실한 보상을 해줘야 한다는 조언도 있었다. 말로만 들었을 땐 내 이 종잇장 같은 의지력으로도 해낼 수 있을 것 같은 고마운 팁들이었다. 하지만 내가 간헐적 단식을 통해 습관 바꾸기에 도전해보고 깨달은 건 조금 다른 이야기다.

연초나 새 학기만 되면 많은 사람들이 습관 개선이나 새해 목표를 부르짖지만 그걸 완벽하게 연말까지 끌고 가는 사람을 여러분은 얼마나 보셨는지? 나는 정말 본 일이 드물다. 오히려 가능할까 싶을 정도로 야무진 목표를 세우고 매일 지키겠노라 크게 공언하는 사람일수록 한 번의 실패 후 바로 자학 모드로 돌변하는 걸 자주 봤다. 습관을 바꿀 때 가장 위험한 건 자신과의 약속을 지키지 못하는 것이 아니라 그걸로 끝이라는 생각인 것 같다. 그런데 못 지켰을 때 무너지는 수많은 사람들 틈으로, 못 지킨 후 그냥 이어서 하는 사람들이 있다는 걸 알게 됐다.

간헐적 단식을 시작한 지도 벌써 1년이 흘렀다. 하는 날이 하지 않는 날보다 간신히 많은 수준이라면 나는 하는 중일까 안 하는 중일까. "간헐적 단식 중이에요" 말하기 무색한 날들이 많지만 나는 여전히 간헐적 단식 중이라고 생각한다. 지키지 못한 날들이 이어질 때 '그래, 여기까지야'가 아니라 '또 못 지켰네. 내일은 지켜야지'라고 생각하기 때문이다. 말만큼 쉬운 일은 아니다. 공복을 유지해야 할 시간에 공복을 깬 순간 우리 마음은 걷잡을 수 없는 풍랑에 휩쓸린다. 우리 뇌는 속삭인다. '어차피 오늘은 틀렸어. 못 먹었던 거나 실컷 먹고 내일부터 다시 하라고.'

빵빵하게 부은 얼굴로 맞이한 아침, 곧바로 평소 리듬으로 돌아오는 건 정말 어렵다. 마음은 이미 절망감으로 가득, 머릿속엔 어젯밤부터 이판사판이라는 글자만 둥둥 떠다닌다. 새로운 한 끼를 챙겨 먹어야 하는데 건강한 음식에 대한 고민 따위는 안중에 없다. 지난밤 먹었을 컵라면과 같은 저영양 고칼로리 음식이 연장선상에서 떠오른다. 간밤의 짧은 일탈에도 반드시 여파가 뒤따른다. 계속 단식하는 것보다 한 번 어긴 후 다시 시작하는 게 더 어렵다.

그때 나는 수치심을 뒤로하고 뻔뻔하고 태연해지기를 택한다. (이건 꽤 힘든 일이다.) 며칠의 방황은 없었던 일인 것처럼 지금부터 다시 시작하기로 한다. 피자, 라면 생각이 잦아들 때까지 따뜻한 차를 마시며 조금 기다린다. 몇 시간만 뻔뻔해지면 된다. 얼마간 기다리면 결국 원래의 리듬으로 복귀한다. 이런 패턴을 반복하는 게 문제지만, 반복하지 않으면 그냥 포기하고 중단하는 수밖에 없다. 실패를 반복하더라도 계속하는 것이 그만두는 것보다 낫다. 일주일 중 사흘을 못 지켰다면 나흘은 매일 밤 공복 속에 잠들었다는 말이 된다. 과거에 비하면 이것도 얼마나 대단한가?!

다이어터를 비롯해 습관 개선에 도전하는 사람들의 경우, 마감과 같은 기한이나 뚜렷한 목적을 가지고 내달려 단 한 번의 흔들림 없이 독하게 성공하는 질주형이 있다면 나처럼 때로 뒷 걸음치더라도 어제보다 열 걸음만 더 걷자며 천천히 적응해나 가는 굼벵이형도 있다. 굼벵이가 아무리 느리다지만 방향만 잃 지 않으면 언젠가 반드시 목적지에 도착한다. 중간에 돌아나가 지만 않으면 된다.

이제 내게 간헐적 단식은 매일 해내야하는 미션이 아니라 헝 클어진 몸과 마음을 되돌리고 싶을 때 쉽게 꺼내 쓸 익숙한 기 술이자 매일 밤 나를 보살피는 방법이기도 하다. 날마다 하루 를 곱게 빗질하는 기술이다.

의지력 약한 자의 긴 핑계라 해도 어쩔 수 없다. 원하는 걸 계속할 수만 있다면 나는 앞으로도 계속 핑계를 댈 것이다. 여 러분의 올해 목표가 무엇인지, 혹시 조금 시들해지진 않았는 지. 그렇다면 삐끗했더라도 조금 쉬고 부디 계속 걸어 나가시 기를. 몇 번 넘어진 뒤 돌아 나가는 것보다는 절뚝거리더라도 가던 길을 계속 가는 게 빠르다는 걸 여러분도 나처럼 이미 배 웠겠지만.

다짐한 것을 못 지킨 후 나의 행동 관찰하기

조촐하게 차립니다

'조촐하다'는 말을 좋아한다. '아담하고 깨끗하다'는 말뜻이 내가 지향하는 삶의 방향과 닮아서다. 조촐한 삶은 밥상에서부터 시작된다. 갈수록 밥상에 오르거나 장바구니에 넣는 식재료 종류가 줄어들고 있다. 영양소와 예산, 취향을 고려해 몇 가지를 정해놓고 구입한다. 가장 활용도가 높은 달걀을 기본으로, 양질의 지방과 단백질 섭취를 위해 고기와 생선을 사고 가벼운 저녁 식사에 필요한 두부를 빠뜨리지 않는다. 감자, 당근, 양파 같은 비교적 오래 보관할 수 있는 채소 외에도 브로콜리나 청경채, 파프리카도 떨어지지 않게 신경 쓰는 편이다. 이렇게만 있어도 영양과 맛이 훌륭한 밥상을 차릴 수 있다. 과일은 제철 맛아 흔하고 싼 우리 과일을 한두 가지만 산다.

 렌틸콩, 아마씨, 아보카도와 노니… 몸에 좋다는 식재료 시
장의 슈퍼스타가 끊임없이 등장하고 사라진다. 유행하는 것들
을 다 챙겨 먹자면 하루 스무 시간 먹기만 해도 모자랄 것 같다.
그러나 언젠가 이른바 '슈퍼 푸드' 대해 다룬 해외 다큐멘터리를
본 후로 다양한 식재료에 대한 나의 갈망은 사라졌다. 유행에
따라 바뀌는 고가의 '슈퍼 푸드' 영양소가 사람들이 오래전부터
먹어온 흔한 식재료보다 우월하지 않다는 이야기였다. 이름도
생소한 퀴노아나 햄프씨드 같은 곡물만큼 보리도 몸에 충분히
좋고, 우리나라에선 1세대 슈퍼 푸드로 통할 케일은 영양 면에
서 오이나 양배추가 뒤지지 않는다는 얘기였다. 오늘도 홈쇼핑
에선 당장이라도 먹기 시작해야 할 것 같은 슈퍼 푸드를 판다. 노
니 주스와 코코넛 오일의 열풍은 한차례 지나갔고 사차인치, 카
카오 닙스를 지나 요즘 대세는 크릴 오일이다. 물론 선택은 각자
의 몫이다. 나는 오래전부터 흔해빠진 식재료들을 선택한다.

 세상에 없던 영양소를 가졌거나 영양소를 압도적으로 많이
함유한 식품이 과연 있을까? 앞서 거론한 슈퍼 푸드가 그렇다
면 왜 한 차례 유행으로 그치고 마는 걸까. 90년대 슈퍼 푸드 열
풍의 선구자 격인 클로렐라가 기억난다. 우리 집에도 한동안

식탁 위엔 클로렐라 병이 놓여있었다. 온 식구가 초록색 단추처럼 생긴 걸 두 알씩 먹어야 식탁에서 일어날 수 있었다. 하지만 요즘 클로렐라를 챙겨 먹는 사람이 얼마나 될까? 그렇게 좋다면서 왜? 그만큼 좋다는 식품이 계속해서 나오기 때문이다. 언론과 홈쇼핑에서 좋다는 음식을 다 먹기란 불가능하니 그때그때 최신 스타 식품으로 시선을 돌릴 수밖에. 요즘 엄마의 냉장고엔 브라질너트가 가득하다. 나도 한때 디톡스 열풍과 함께 유행했던 밀싹 주스 맛이 궁금했지만 요즘은 푸른 채소로 샐러드를 만들어 먹는 걸로 만족한다.

가공식품은 더 단출하다. 못 끊을 것 같던 우유도 떨어지게 두는 날이 많아졌고 은근히 여러 종류로 나뉜 햄이나 소시지 등 육가공 식품도 필요할 때 한 가지 사서 두루두루 대체해 쓴다. 김밥을 싸고 남은 김밥용 햄으로 샌드위치부터 볶음밥, 파스타까지 만든다. 치즈는 자주 해 먹는 파스타에 갈아 올리기 위해 딱딱한 블록 치즈를 주로 사는데 슬라이스 치즈가 필요할 땐 최대한 얇게 썰어 부서진 채로 빵 사이에 끼워 먹는다. 녹으면 맛은 비슷해진다.

밥상을 차리는 방법도 간단해졌다. 밥에 국이나 찌개, 밑반찬을 펼쳐놓고 먹는 한식은 훌륭하지만 내겐 다소 번잡하다.

밥과 반찬을 먹더라도 한 접시에 조금씩 담아서 먹는다. 구성은 주로 단백질 위주의 메인 반찬 하나에 채소류를 조금 곁들이는 식이다. 어떤 요리를 할까 보다 가진 재료 내에서 최대한 균형 있고 맛있게 먹고자 노력한다. 식비와 식재료 쇼핑에 드는 에너지가 줄었고 먹는 행위만 남았다. 조촐한 밥상은 대강 차린 밥상이 아니다. 불필요한 것을 거둬내고 욕심 없이, 중요한 것에만 집중한 밥상이다. 내 안으로 들어가 나를 만드는 음식들, 낭비 없이 잘 다뤄야 한다. 어려운 레시피나 고급 재료는 없지만 나를 생각하는 마음이 밥상에 오른다.

전엔 새로운 식재료를 경험해보거나 드넓은 마트를 빙빙 돌며 매일 달라지는 세일 품목을 노리는 재미가 있었다. 눈도장 찍은 시식 코너 직원 덕에 냉동 만두를 2+1으로 득템한 날, 어깨가 내려앉을 뻔하면서도 알뜰하게 구매했다는 생각에 얼마나 흐뭇하던지. 지금은 제철을 맞아 흔해진 재료를 싸게 사서 풍성하게 먹고 부족한 재료는 요리조리 보완해 먹는 즐거움이 생겼다. 어떤 즐거움이 더 큰지는 모르겠다.

평소 사는 것과 정반대 성격의 식재료 사 먹어보기

티타임, 잠깐 시간을 잊습니다

찻물을 올린다.

'오늘은 어떤 차로?… 향신료가 듬뿍 들어간 홍차가 좋겠다.'

찻장에서 티박스를 꺼내 찻잎을 두 스푼 가득 덜어낸다.

찻주전자에 찻잎을 넣고 그 사이 팔팔 끓은 물을 주전자에 붓는다.

차가 우러나길 기다리는 3분, 가볍게 기지개를 켜는 동안 은은한 차향이 공기에 퍼진다.

머그에 한가득 차를 따른다. 성긴 거름망 사이를 탈출한 작은 찻잎이 찻잔에 떠다닌다.

뜨거운 찻잔을 들고 후후 불어본다. 찻잎이 밀려나고 찻물
엔 파동이 인다.

살짝 식은 차를 조심스레 입가에 가져간다.

차를 삼키며 허공을 본다. 나를 위협하는 건 아무것도 없다.

20대 때까지 나는 선배들이 늘 들고 다니는 커피조차 마시
지 않았다. 20대의 나는 하룻밤쯤 새도 일하는 데 전혀 지장이
없었고 카페인에 의지해 일하는 선배들이 신기하고 멋져 보일
만큼 철없이 건강하기만 했다. 20대 후반, 새벽 방송 일을 시작
하면서부터 카페인의 힘을 알게 됐고 어쩐지 어른의 세계에 입
문한 기분을 느끼며 그때부터 한 손엔 늘 아메리카노를 들고 다
녔다.

30대에 접어들어 뒤늦게 사춘기 비슷한 시기를 몰래 앓고
있을 때였다. 같은 팀 동료가 명절을 맞아 내게 녹차를 선물했
다. 한눈에도 제법 비싼 물건으로 보였다. 커다란 황토색 상자
에 금색 공단천이 안감으로 입혀져 있었고 그 안엔 검은색 원통
형 종이 상자가 들어있었다. 원통의 뚜껑을 열어보니 다시 두
툼한 종이봉투. 봉투를 뜯어보니 찻잎이 가득했다. 온전한 형
태의 찻잎을 제대로 본 건 그때가 처음이었다. 가끔 정체 모를
가루가 들어있는 불투명한 티백을 뜨거운 물에 퐁당 빠뜨려 마

시던 게 그때까지 내 찻자리의 전부였다. '찻잎이 이렇게 생겼구나…' 손으로 하나하나 비틀어 말린 것처럼 곱고 단정했다. 아무렇게나 마실 것이 아니라는 걸 본능적으로 알았다.

동봉된 음용법을 찬찬히 읽고 따라 해본다. 물의 적정 온도는 80도. 녹차는 물을 팔팔 끓인 후 바로 부으면 안 되는 차였다. 찻물이 식을 때까지 기다려본다. 그사이 집에 있던 찻잔 중 가장 좋아 보이는 걸 꺼낸다. 거름망이 함께 들어 있는 1인 찻잔이었다. '우리 집에 이런 게 있었나?' 마른 찻잎을 티스푼으로 떠서 조심스레 찻잔 안에 넣는다. 한 번, 두 번… 여기까지만. 귀한 차니 아껴서 먹어야지. 몇 분이 지났을까 한 김 식은 물을 찻잔에 붓는다. 아기 같이 여린 찻잎들이 물속에서 춤을 춘다. 찻잎을 바라보며 흘끔흘끔 시계를 본다. 3분.

거름망을 올려 찻잎을 빼낸 후 첫입을 맛본다. 그동안 내가 마신 건 뭐였을까. 이건 마치 콩가루가 연상되는 고소한 맛이었다. '식물을 우린 물이 이렇게 고소해도 되는 걸까?' 차가 조금 식자 단맛이 올라온다. 청량하고 시원하다. 차 음용법을 정독하고 따라 한 10여 분. 새로운 세상에 들어선 기분이었다. 흉내 내기 급급했던 커피의 시간과 비교할 수 없을 만큼 스스로를 보살피는 어른이 된 느낌이었다. 내가 나를 대접하는 느낌이 좋아 그날부터 종종 차를 우려 마셨다.

이제 티타임은 내 하루의 루틴이 되었다. 녹차, 우롱차, 홍차, 보이차 등 여러 종류의 차를 골라 하루에도 몇 번씩 찻자리를 가진다. 갈증 날 땐 청량한 녹차를 우리고 기분이 울적한 날엔 꽃과 과일 향을 풍성하게 머금은 가향 홍차를 따른다. 숙취가 있는 날엔 보이차가 좋다. 그날의 날씨에 따라 당기는 차도 다른데 비가 오거나 하늘이 낮고 어두운 날엔 묵직한 우롱차 향이 그렇게 좋을 수 없다. 아침의 고요한 찻자리는 멍한 정신을 깨우는 짧지만 소중한 의식이다.

찻자리는 내게 안전함의 상징이다. 차를 마신다는 건 별일 없이 살고 있다는 증거이기도 하다. 신변에 위협을 느낄 때, 생존에 어려움이 닥쳤을 때 차를 마실 사람은 없다. 그러므로 중요한 일을 앞두고 몸과 마음이 바쁠 때일수록 나는 한가한 찻자리를 자주 가지려고 한다. 우리의 뇌는 안전함 속에서 더 온전히 제 능력을 발휘할 테니.

마음이 불안하거나 지칠 때도 나는 종종 차를 찾는다. 찻자리는 아직 괜찮다고 스스로를 다독이는 시간이기도 하다. 집에 돌아오는 발걸음이 한없이 무거운 날이 있다. 내 삶에 대한 확신이 한 줌도 남지 않은 것 같은 날, 세상 모두가 나보다는 잘난 것처럼 느껴지는 날에 편의점에 들러 맥주를 사는 대신 나는 이제 찻물을 올린다. 위로가 필요한 시간, 예쁜 찻잔 안에서 잘 우러난 차 한 잔이 나를 잔잔히 다독인다.

뭐니뭐니 해도 차의 가장 좋은 점은 별 생각 없이 우리고 따르고 마시는 동안 시간에 여백이 생긴다는 사실이다. 여백은 휴식이 되기도 하고 나를 돌아보는 시간이 되기도 한다. 나는 이제 처음처럼 거창한 의미를 느끼며 차를 마시지는 않는다. 그저 내 어깨를 툭툭 두드리는 감각으로 차를 따른다. '오늘도 수고했어. 좀 쉬자고.'

커피 말고 다른 마실 것 정해보기

빈 방의 빛을 봅니다

차의 나라 일본에서는 손님에게 차를 대접할 때 작고 텅 빈 차실에서 오직 차만 내놓는다고 한다. 상대에게만 집중한다는 의미, 오로지 차를 음미하도록 하는 배려가 담겨있다. 일본의 차실처럼 내 집이나 방도 나를 보살피며 일상의 오묘한 멋을 온전히 느끼는 공간이 될 수는 없을까.

마침 이사를 앞두고 평소 관심 있던 미니멀 라이프 관련 카페에 가입했다. 그곳엔 간증과도 같은 버리기 후일담이 넘쳐나고 있었다. 얼마나 많이 버렸는지, 무엇을 버렸는지 읽는 것만으로 해방감이 밀려드는 듯 했다. 한 달 동안 쓰지 않은 물건이

나 더 이상 설레지 않는 물건을 버려라 같은, 몇 가지 지침에 따라 나도 나를 둘러싼 수많은 물건을 살펴보았다. 그리고 내가 스스로에게 얼마나 인색하고 무관심했는지 깨달았다. '나는 내게 좋은 것을 주고 싶지 않았구나.'

다리가 고장나 앉을 때마다 기우뚱대는 의자부터 개봉한 지 10년이 지난, 내 얼굴색과 전혀 어울리지 않는 색조 화장품까지 버릴 물건은 매일 쏟아져 나왔다. 가장 많이 버린 건 옷이었다. 쓰레기로 전락한 옷가지를 살펴보니 해지거나 맞지 않아 버리는 옷은 거의 없었다. 유행을 좇아 잘 살펴보지 않고 인터넷을 통해 쉽게 사들인 것들뿐이었다.

버리기의 만족감은 역시 대단했다. 그런데 버리고 돌아서서 또다시 비슷한 방식으로 옷이며 물건을 사들이는 나를 발견했다. 문제는 물건이 아니라 물건을 대하는 내 방식이었다. 삶의 질을 높이기 위해 물건을 들이는 사람이 있다면 생활의 과제를 해치우고자 물건을 대하는 사람도 있다. 나는 후자였다. 내게 물건은 아무렇게나 쓰고 버릴 무언가였다. 일상을 대하는 마음도 비슷했을 것이다. 목표가 달성되거나 조건이 충족될 그 언젠가를 위해 지금의 즐거움을 유예하는 불완전한 상태, 과거의 내게 일상이란 그런 것 아니었을까. 아무거나 쌓아뒀다 버리기를 반복하는 삶을 멈추어야 했다.

대대적으로 물건을 정리하고 나니 내게 기쁨을 주는 물건이 드러났다. 대개 예산을 고민하며 나를 위하는 마음으로 산 것들이다. 차에 입문하며 처음 들인 4인조 찻잔 세트가 그렇고, 재질에 따라 가격이 크게 차이 났던 머플러들 중 직접 만져보고 가장 감촉이 좋은 걸로 눈 꾹 감고 구입한 캐시미어 머플러가 그렇다.

단출해진 살림 사이에서 가장 좋은 에너지를 주는 물건은 역시 책이다. 물건이 늘어나는 걸 경계하면서도 나는 여전히 종이책만큼은 완전히 포기하지 못한다. 책의 내용뿐 아니라 어쩌면 책의 물성 자체를 사랑하는지도 모르겠다. 좀 부끄러운 고백이지만 멋진 책 표지에 이끌려 책을 구입한 적이, 나는 꽤 많다. 조금씩 다른 판형에 커버 디자인이 어떻게 어우러지는지, 가름끈의 색은 무엇인지 구경하는 즐거움, 종이 질감에 어울리는 필기구로 조심스레 밑줄 긋거나 멋진 커버가 잘 보이도록 세워두고 볼 때의 뿌듯함. 책은 내게 활자를 읽는 것을 넘어 총체적인 즐거움을 준다.

이렇다 보니 책에 파묻혀 살지 않으려면 소장할 책을 눈물겹게 선별해야 한다. 특히 작은 책장의 가장 잘 보이는 칸은 경쟁이 치열하다. 닮고 싶은 삶을 살아간 저자들의 책을 잘 보이게 꽂아두는 것은 여전히 어떻게 살지 소신이 부족한 나를 다그치는 장치랄까. 법정 스님부터 데이비드 소로우와 헬렌 니어링까지 스무 살 무렵 내가 접한 최초의 미니멀리스트들이 그 공간의 주인이다. 자연과 연결되어 물질주의에 저항한 선구자의 위대한 삶을 담은 에세이는 존재만으로 무심한 위로가 된다.

곁에 두고 가장 자주 펼치는 책은 소설이다. 앞에 언급한 책들이 나를 자극하고 격려한다면 소설은 나를 괴롭힌다. 질문을 퍼붓고 혼돈 속으로 밀어 넣는다. 내가 사랑하는 소설의 주인공들 중엔 세계와 불화하거나 사회로부터 이해받지 못하는 인물이 많다. 어머니가 돌아가신 날 울지 않아 고초를 겪는 《이방인》의 주인공 뫼르소와 권태에 짓눌려 스스로를 파괴하는 《보바리 부인》의 이야기를 읽어내려면 상상력과 공감력이 필요하다. 내 안엔 뫼르소도 있고 뫼르소가 아닌 것도 있다. 내가 사랑하는 소설들은 새로운 나를 발견하고 마침내 타인에 다가가도록 돕는다. 내 작은 방 안에서 나를 들여다보다 결국 타인과 세상과 연결되는 순간이기도 하다.

지금 내 침실엔 내게 꼭 필요한 것, 내게 잘 어울리고 내가 좋아하는 물건이 남았다. 정확히는 침구 한 벌과 의자, 얼마 안 되는 옷을 수납한 붙박이장 그리고 아끼는 책들뿐이다. 내게 필요한 물건은 그리 많지 않았다. 차 마시는 공간에서 영감을 받고 시작한 정리였지만 내가 아는 최고의 맥시멀리스트 우리 언니는 내 침실을 보고 이렇게 평가했다. "절 방 아니면 정신병원 독방 같아." 아무려면 어떤가. 어느 쪽이든 마음의 평안을 추구하는 공간이니.

비움이라는 긴 선택 끝에 내가 얻은 건 살아가는 날들의 달콤 쌉싸름한 순간을 온전히 느끼게 된 여유였다. 아무것도 없는 방 작은 창으로 햇빛이 밀려들면 나는 그 빛을 본다. 시간이 지날수록 빛은 점차 구석으로 밀려간다. 그 빛 아래서 나는 지금 여기서 살아 숨 쉬는 나를 느낀다. 이런 기쁨을 느끼는 데 필요한 건 오직 한 조각 빛이었다.

방에서 기쁨을 주는 것 찾아보기

그저 해보는 삶

'내일은 모르겠고, 하루만 열심히 살아봅니다.' 우리 책의 제목으로 어떻겠냐며 편집자님이 이 문장을 보여주었을 때, 처음엔 선뜻 내키지 않았다. 내가 '열심히'를 전면에 내세운 제목의 책을 내도 되는 걸까, 어째 좀 민망한 걸? 직접 더 알맞은 제목을 지어보리라 마음먹고 새 제목 짓기에 나섰다. 기존 제목이 의미하는 바를 살리되 다른 표현을 찾아내기 위해 A4용지에 원래 제목을 적고서 비슷한 낱말들을 죽 나열한 뒤 대입해보기 시작했다. 부지런히? 열렬히? 힘차게?… 그러나 끝내 '열심히'를 대체할 다른 말은 찾지 못했다.

'열심히'의 사전 풀이를 찾아보니 '정성을 다하여 골똘하게'

다. 어라, 의외로 소박하지 않은가?… 반드시 맹렬한 기세로 열정을 쏟아부어야만 열심히 사는 것은 아니라는 얘기다. 내가 좋아하는 하루는 나를 둘러싼 것을 주의 깊게 살피고 사랑할 것을 성실히 사랑하는 하루다. 지나치게 힘주지 않되 바지런히 두리번거려 내 삶에 중요한 것을 놓치지 않고 살고 싶다. 그러니 '열심히' 말고 또 어떤 말이, 내가 좋아하는 삶의 태도를 이만큼 잘 담아낼 수 있을까.

그제야 한결 만족스러운 마음으로 지긋이 제목을 바라보자 새로운 게 보였다. 이 문장의 방점은 '열심히'에 있지 않았던 것이다. 그보단 살아'봅니다'가 의미심장하게 다가왔다. 열심히 살고 '있습니다'(…), 살고야 '말겠습니다'(!) 혹은 '사십시오'(!!!!)가 아니지 않은가.

무언가를 한다가 아닌 해본다는 말은 얼마나 귀여운가. 강렬하고 확고한 의지의 표현이라기보다 주저하고 머뭇대는 마음이 느껴진다. 죽기 아니면 살기라는 심정으로 맞선다기보다 시험 삼아 해본다는 느낌이 강하다. 결과에 대해서도 훨씬 너그러울 것 같다. 강한 의지와 도전은 삶을 나아가게 하지만 오늘의 삶을 어제보다 조금 더 나아지게 만드는 건 실패와 실망의 가능성을 수용하며 그냥 해본다는 마음일지도 모른다.

앞으로도 나는 그저 해보는 정도로만 열심히 살고 싶다. 언젠가를 위해 지금의 작은 기쁨마저 저당 잡히지 않고 때때로 그러나 반드시 찾아오는 슬픔을 감당하며 감각과 경험의 폭을 조금씩 넓히는 것. 그리하여 마침내 내 삶을 좋아하게 되는 것. 이것이 내가 생각하는 그저 열심히 살아보는 하루의 즐거움이요, 아주 작은 삶의 기술이다. 당신에게도 슬쩍, 권해보고 싶다.

최현숙

내일은 모르겠고
하루만 열심히 살아봅니다

초판 1쇄 발행 2020년 6월 30일

지은이 최현송
펴낸이 이지은   **펴낸곳** 팜파스
책임편집 이은규   **표지 디자인** 어나더페이퍼   **디자인** 박진희
마케팅 김민경, 김서희   **인쇄** 케이피알커뮤니케이션

출판등록 2002년 12월 30일 제10-2536호
주소 서울시 마포구 어울마당로5길 18 팜파스빌딩 2층
대표전화 02-335-3681   **팩스** 02-335-3743
홈페이지 www.pampasbook.com | blog.naver.com/pampasbook
페이스북 www.facebook.com/pampasbook2018
인스타그램 www.instagram.com/pampasbook
이메일 pampas@pampasbook.com

값 14,000원
ISBN 979-11-7026-341-8 (03810)

이 도서의 국립중앙도서관 출판예정도서목록(CIP)은 서지정보유통지원시스템 홈페이지
(http://seoji.nl.go.kr)와 국가자료공동목록시스템(http://www.nl.go.kr/kolisnet)에서
이용하실 수 있습니다.(CIP제어번호: CIP2020022398)